光明文丛

乞力马扎罗的豹子

汪小说 著

四川文艺出版社

图书在版编目（CIP）数据

乞力马扎罗的豹子 / 汪小说著. —— 成都：四川文
艺出版社，2023.10
ISBN 978-7-5411-6711-9

Ⅰ.①乞… Ⅱ.①汪… Ⅲ.①中篇小说—小说集—中
国—当代②短篇小说—小说集—中国—当代 Ⅳ.
①I247.7

中国国家版本馆CIP数据核字(2023)第124552号

QILIMAZHALUO DE BAOZI

乞力马扎罗的豹子

汪小说 著

出 品 人	谭清洁
统　　筹	朱　兰
责任编辑	陈雪媛
封面设计	魏晓舸
内文设计	史小燕
责任校对	蓝　海
责任印制	喻　辉

出版发行　四川文艺出版社（成都市锦江区三色路238号）
网　　址　www.scwys.com
电　　话　028-86361802（发行部）　028-86361781（编辑部）

排　　版　四川胜翔数码印务设计有限公司
印　　刷　成都蜀通印务有限责任公司
成品尺寸　145mm×210mm　　开　本　32开
印　　张　6.5　　　　　　　　字　数　150千
版　　次　2023年10月第一版　印　次　2023年10月第一次印刷
书　　号　ISBN 978-7-5411-6711-9
定　　价　43.00元

自序

　　这是我第一次把所写的小说归纳成集，比起兴奋，更多的是惶恐。我一直很自卑，成长的大环境、小环境都在告诉我，我不算优秀，甚至我连配称优秀的及格线都还没达到。我见识过很多厉害的人，身边的、网络上的，一抓一大把，看到了不同的人生后，我才发觉自己比原想的还要平庸得多，所以我总是在自我怀疑中小心前行着，我不知道自己写的东西是否能被人认可，尽管如此，我还是写下了。

　　我第一次接触写作是在小学三年级，或许那并不能称得上是写作，只是小学生幼稚的作文。真正有意识地写了点什么，大概是那篇《五个苹果》，那时我读高二，没有想到竟然在省级刊物《西部》杂志上发表了，并在班里引起了不小的轰动，老师还请我上台去讲"创作谈"。现在想来尴尬得不行，真是像小孩子炫耀一样呢。虽然以当下的眼光看，《五个苹果》确实是非常青涩的作品，但它对那时的我来说意义非凡，从那以后，我写作的道路就正式开启了。

　　而后我趁热打铁，又写下《名门望族》《迷惘在夜色中安睡》，都是近万字的短篇，对于当时还只擅长写一两千字文章的我而言是巨大的突破。后来我又陆陆续续写了些小短篇，内容平淡，乏善可陈，之后因为高考，写作的事情也暂时搁置了。我一直觉得在上大学之前的那几年里，我写的文字总会带着父亲的影子，或许是因为我在写作前总会询问他的想法，而写完之后又会拿给他修改，又或许我还根本没有形成自主写作的意识。总之，那些文字会带着不属于我的意志诞生出来。

幸而我报了汉语言文学专业，大一学年的"千字文"任务给了我很好的锻炼机会。我开始有自己的想法，笔下的文字也终于有了专属我自己的风格。我的故事大多虚构，因为人生阅历并不丰富，几乎可以说是贫瘠荒芜，有时我甚至会揪着我的室友，问她或者她身边的人有没有发生什么好玩的事，可她们也道不出个所以然，于是我只能借助我天马行空的想象。我喜欢看动漫，有时也会从中汲取灵感，所以在我的笔下，一些人物会完美得不像现实世界里的人，至少你看的时候会找不到一个真人形象与之匹配。我喜欢这样，在空白文档里构造一个虚幻的王国，让我的人物住进白纸黑字铸成的城堡，并在鼠标的指引下邂逅自己的人生。

每每被问到"这篇文章你打算写多少字"时，我总说："不知道。是我笔下的人物所决定的，而不是我。"我创造了这些人物，但我并不想让他们禁锢在我的键盘里，他们应该有自己发声的权利，因此我的故事只由我构建大纲，王国里面的每一条街道、每一座花园，都是由我笔下的人物亲手打造的。因此我常说，不是我在写作，而是我的人物在推着我创作，他们自由地决定故事何时发生、如何进展，并在他们想要的节点收场。

前面说的都是些有关我自己的经历，那么现在就回到我的作品上来吧。这部作品集的第一篇是《7580》，要说为什么，俗一点来解释，因为我觉得它写得好，不都说"爆点"要放在最前面嘛！再要解释的话——因为它让我找到了写作的意义。《7580》在《椰城》杂志发表后，我第一次把自己的作品转载到了朋友圈，可能我觉得它比较能拿得出手，毕竟得到了许多老师的认可，让我不自信的内心有了些许安慰。《7580》赢得了朋友们的一致赞美，我不知道那么多的点赞和评论是真是假，或许只是出于客套吧，这么想着，一位和小说女主人公名字一样叫"张扬"的女生私信我，她也对这篇作品连连称赞，我当然很高兴，但没想到的是，她还挑出文章里一些她看不太懂的地方问我，我当时快要哭出来了，不是高兴，而是感激，我第一次意识到自己的文字是被人接受的，这比任何夸赞都更让我激动，那个女生拯救了我几乎要溢出来的自卑，每当我屡屡想放弃的时候，那个永远不会被我删除的对话框都会跳出来告诉我，在我看来可能一团糟的文字，它们还有读者，不要让它们半路腰斩，写下去吧，写下去吧！

这部集子收录了我自写作以来的部分作品，它们或许还很粗糙，有些是我最开始接触写作时写下的，现在看来十分幼稚，但我依旧想把它们呈送到读者眼前，我不怕被人笑话，因为它们是那段不成熟时期的产物，不管怎样都是我城堡里的客人，王国里有王子、公主，自然也会有仆人、乞丐嘛。如果你能从中看到我的成长，那就再好不过了。

上文学概论课时，老师讲过作家与作品。作家的定义是什么呢？时至今日我也没有确切的答案。我想我配不上"作家"这个名号，顶多只是个写字的人。我生来就不是个有天赋的孩子，只是比别人胆子大一点点，敢于用文字表达出来，并且让人看到，仅此而已。我的文字不算好，但我并不想就此放弃，只要还有一位读者，我就会坚持写下去。我将与我笔下的人物一起打造这座文字的王国，那里繁花盛开，你要是愿意进来，我一定为你斟上美酒，好好招待。

目 录

7580

"编号7580。"

如你所见，这是他的第7580号实验品。做完这最后一款智能人偶就金盆洗手，看着玻璃器皿中的人偶，他这么决定着。

智能人偶在这个国家是不被允许的，因为它们的诞生需要活人的血液和器官做引子，以具备人类的情感。当然这些器官来路不明，他是知道的，但他还是决定这么做。

这款人偶的委托者是位贵妇人，她是为母亲定制的这款成年男性人偶，用来代替她死去的儿子。男人在一次火灾中丧生，这位失去儿子的母亲悲痛得得了疯病，日日念叨着"儿子儿子"，不吃饭也不睡觉。医生说再这样下去，老妇恐怕命不久矣，于是她的女儿便找上了他——全国唯一的智能人偶制作师。

"容貌倒是没什么，母亲眼神不太好，但最好有心脏，哥哥心思细腻，若只是没有情感的人偶，母亲很快便会发现的。"

"您知道，心脏可是很难找的，而且是成年男性的心脏。"他面露难色。

"价格都好说，心脏我也会托人去找的。而且，英格理德先生，你知道布兰迪家族的名望吧，要是做不好，别说是钱了，你的人头都不保。"妇人留下预订金便离去了，看来这笔单子他不接也得接了。

大火，炙热，呼喊，泪水……复杂的情绪在午夜时分随着梦魇扑面而来，将他吞没。仿佛跌进了时空的虚假之门，他在某个不复存在的夜晚彷徨。深窟幽囚日，画地自为牢。这一切都是他的报应啊，他将自己困在无尽的噩梦里，谁也救不了他，也许能够拯救他的那人早已为了救他而死去。

英格理德的名声并不太好，由于工作的原因，他的宅院建在郊外，虽然住在市区的时候，警察对他也只是睁只眼闭只眼——因为不少贵族从他这儿定制过人偶。但平民阶层并不买账，他们会在英格理德家外的院墙上用红油漆写下"杀人犯"几个大字，咒骂他家是阴宅的同时，人们又忍不住靠近，往里探头，想瞧一瞧那些美丽人偶的容貌。也发生过好几起人偶失窃的案件。于是他只好搬家，郊区的农民忙于生计无暇顾及他，虽然依旧没有人愿意住在他家附近，但墙上总算少了些恶毒的诅咒，这让英格理德省了不少在粉刷墙壁上浪费的时间。

英格理德制作人偶的技艺是从他父亲老英格理德那儿学来的。早些年他父亲认识了一位年轻的日本人，自称是墨家弟子的那人与他交好，那人善制机械，老英格理德原本只是普通的法国人偶制作师，但一天，两人在聊天时突然想到将人偶赋予情感，让它如同真人一般活着，于是老英格理德对这种智能人偶的制作热情便高涨到一发不可收拾，他整日埋头于制作工坊，尝试制出活的人偶，他像着了魔，直到他的身体再也支撑不住。

他在临终前把儿子叫到床前："只差一步了，在我闭上眼后马上剖开我的胸膛，取出我的心脏。"

"不，父亲，我不能这么做。"年轻的英格理德拒绝了这样违背伦理的请求。

"你必须这么做！不然我这么多年的实践就付诸东流了。哦，上帝不会原谅我的，我的灵魂将无法安息。"老英格理德的喉咙像拉风箱一样呼噜噜地喘着粗气，他在吐出最后一口气时从枕头下抽出一把匕首刺进了自己的胸膛。

英格理德只能照做了，因为父亲流血的嘴角是挂着笑的。

他取出那颗苍老但依然跳动的心脏，按照父亲留下的说明书将它装入人偶体内。获得新生的人偶坐起身来，"英格理德。"它叫道，是尖锐刺耳的金属摩擦的声音，但不难听出是在喊他。英格理德吃了一惊，但之后人偶便再没发出过声音，只是呆坐在那儿。第二天英格理德再去制作坊时，人偶已经没有了活人的气息，散架了般躺在工作台上。

日本人听闻老英格理德的死讯，前来吊唁，英格理德并不乐于招待他，他认为父亲的死与他脱不了干系。

"能带我去看看你的父亲吗？不，应该说是装着你父亲心脏的人偶。"日本人在追悼会结束后悄声对英格理德说。

"你怎么知道？"

"我当然知道，因为就是我给出的建议。"

"你果然就是杀人犯。"

"随你怎么说，我们只是在追求艺术，老英格理德是为艺术献身，他应当感到无上光荣。"

"疯子。"

"好了，小伙子。"日本人拍拍他，英格理德厌恶地瞥了他一眼，他并不觉得对方比他大多少。"我也想看看你父亲的复活之术啊。他复活了吧？"

"什么复活？"英格理德有些震惊。

"你的父亲没有和你讲过吗？人偶如果装了人的心脏，是可以带着前世的记忆重生的，也就是作为那人复活的容器。"

所以那天晚上那个人偶喊他"英格理德"，其实是父亲在喊他，英格理德反应过来："不，他还是死了。"

"所以，还是成功了一点儿嘛。哦，让我去看看吧，说不定我知道怎么修复呢。"

英格理德带他去了。日本人揭开装着人偶的玻璃罩，不禁惊叹起来："多么美丽的人偶啊，要是能说话、能动、能拥有人类的情感，那将是一件多么美妙的艺术品！你难道不期待吗？"

英格理德没有说话，在他看来，这人就是个无可救药的疯子，就像父亲死的时候一样，固执又疯狂。他看着日本人把人偶平放在工作台上，拿起一旁的手术刀划开人偶的小臂，黑红的血液流进底下接着的小碗里，那人把碗举到他面前示意他闻闻，英格理德差点儿晕过去，那是血液与机油混合的黏腻液体，因为心脏停止供能，"血液"不循环，那液体已经发臭了，一股死老鼠的味道。

日本人又剖开人偶的胸膛，里面安放着的老英格理德的心脏在药剂的作用下尚未腐烂。"还有救。"日本人兴奋地喊道，迫不及待地开始动手复活老英格理德了。"快成功了！快成功了！"他一边动手一边念念有词。英格理德在一旁静静地看着，其实他也有点儿好奇人偶能否复活。

"住手！"内心几经挣扎，他终于还是在日本人即将按下人偶启动开关时阻止了他。英格理德夺过手术刀，深深地扎进人偶的心脏。

"你在干什么？！"日本人生气地嚷嚷起来。

"应该是我问你，你在干什么？复活了人偶，然后呢？它该作为怎样的存在？"英格理德实在不知道该怎么面对这具人偶。父亲？显然不可能。但它又确实有着父亲的记忆。这是伦理的扭曲。

"当然是你的父亲老英格理德。"

"怎么可能！"英格理德看着人偶的脸，表情复杂。

"哦，要是对这副皮囊不满意，你大可以再做一具和你父亲一模一样的人偶，我会帮你把心脏装进去……"

"够了。"英格理德打断他离谱的建议，"你请回吧。"

"你会后悔的，当身边的人一个个离去，当只剩你一人还可悲地留在世上。"日本人神色黯然道。

"滚！"不知是对方的哪句话触碰到了他的底线，英格理德忍无可忍，把日本人轰了出去。

在英格理德小时候，有占卜师曾预言他是天煞孤星，身边的人会接连离他而去，虽然那占卜师被父亲咒骂着赶走了，但她的话还是给年幼的英格理德留下了不小的影响，因为在第二年，他的母亲便因病离世了。

"好吧，好吧。"日本人看着他阴沉的眼神只好举起双手表示妥协，"这是我的名片，如果哪天你改变了主意，可以随时找我。"丢下名片后，他匆匆溜走了。

英格理德在夜里燃起火堆，把人偶与名片丢了进去，但他又马上把名片从火中捡回来，他还是犹豫了，他害怕那个预言。

预言在七年后再次成真——英格理德的妻子克里斯汀在一场车祸中丧生。这位魅影歌姬被车轮竖着碾过去，面目全非，内脏支离破碎。悲伤的英格理德做了一只有着与妻子同样美丽容貌的人偶，但那人偶不会说话，没有感情，望着人偶空洞的玻璃眼睛，他翻出了老英格理德的手记，上面记录了智能人偶的制作过程——新鲜的血液会让人偶的皮肤焕发出健康的光彩，内置的机械能够牵引着人偶使其行动自如，还可以安装其他内脏，让它更贴近活人，可是缺失的心脏该用什么填补呢？这世上再没有第二个有着同样纯洁心灵的克里斯汀了。

按照泛黄的名片上的指引，英格理德来到日本人的府邸。

"欢迎，英格理德先生。"日本人像是早就预料到他会来，懒洋洋地坐在花丛旁的躺椅上翻阅报刊，他从午后的光影中抬起头，容貌竟还与七年前一样，未曾衰老。

"藤本先生，我……"英格理德有些退缩了。

"我知道，你是为了你的妻子而来，对吧？"藤本得意地笑着。

英格理德点点头，既然对方已经知道他的来意，他便也无暇顾及其他。他着急地说："请您救救她。她需要一颗心脏。我试过猪的心脏，但它不一会儿就衰坏了，父亲的手记上说除了人的心脏，也可以用您研制的机械之心。您知道，我总不能去杀人吧，父亲应该也是这么想的，所以才会取出自己的心脏做实验。我再想不出别的办法了，请您帮帮我吧。"

藤本用同情的眼光看着他："唔，我确实在研制机械心脏，不过，成不成功可不好说，毕竟还没有试验过。"

"没问题的，拜托您了。"英格理德对他鞠躬行礼。

他们出发了。马车上，英格理德的心忍不住地狂跳，他似乎已经看见美丽的克里斯汀倚在门口等他回家了。

藤本把装在木匣子里的机械心脏取出，他轻轻转动旋钮，心脏便发出咔嗒咔嗒的金属撞击的声音，随着频率跳动起来。英格理德屏住呼吸，直到藤本按下人偶的启动键，他才冲上去抱住他的"克里斯汀"，一遍遍地呼喊着她的名字。

"嘿，年轻人。"藤本拉开他，"别太着急了，你知道的，这是机械之心，不是克里斯汀的心脏，也就是说，它现在还不是你的妻子，因为它完全没有克里斯汀的记忆。"

英格理德这才冷静思考起来，是的，这不是克里斯汀，准确地说不完全是。"那该怎么办呢？"他问，希望从那个神一样的疯子的眼睛中再次获得答案。

"或许可以给它安装一个大脑，这样就可以由你把克里斯汀的记忆灌输给它。"

他连连摇头："不，我还没有疯狂到那种程度。怎么可以为了自己的私心去剥夺别人的器官？"他恢复了往日那副鄙夷的神色看着藤本，没错，他还是理智尚存的。

"猴的大脑也行。"藤本补充道，"毕竟它和人类最接近了。"

英格理德思考片刻后，同意了他的建议。他们从马戏团买来一只猴子，由英格理德亲自操刀，将猴脑装入人偶的脑袋，并切除了它的部分大脑皮层，以清除它作为猴时的记忆。

英格理德战战兢兢地按下启动按钮，人偶从工作台上坐起身来，眨着宝石般的明亮眼睛望着他。

"剩下的就靠你了。"藤本微笑着看他，"对了，它还有其他器官吗？比如胃什么的？"

"没有，也不需要。"

"好吧。"藤本识趣地转身离开，"如果出了什么问题，可以随时来找我。"他站在门口说道。

"嗯，谢谢您。"英格理德还沉浸在妻子"复活"的喜悦中，他头也不回地招招手，冲他道别。

接下来的时间里，英格理德都在帮助他的"妻子"重拾记忆，看着克里斯汀的面容，他便感觉充满无限动力。他爱克里斯汀爱得深沉，当他在剧院里见到这位歌姬时便知道自己完蛋了。他深陷爱情的泥潭。面容姣好的克里斯汀，心灵纯洁的克里斯汀，笑容灿烂的克里斯汀，他的欲望之火，他的生命之光。他对所有人都刻薄，但唯独克里斯汀，只要看见她，他便觉得万物都可爱起来，当然，是与她有关的万物。英格理德多么快乐啊，他的克里斯汀又回来了，只是丢失了记忆，对，没错，他会让她想起来的，他是这么想的。

直到那天他第一次带克里斯汀走上街，他给它穿上漂亮的裙子，为它化好精致的妆容，它与活人没什么不一样，以至于还有几个小流氓对它吹起了口哨，英格理德挥舞着文明棍咒骂着他们。

"哦，看哪，亲爱的，这是你最喜欢的雏菊。"他们在一家花店前停下，"买一束吧。"

克里斯汀微笑着点头，它一直微笑着。

英格理德仔细挑选着花，而后便听见嘶嘶马鸣以及车夫的叫喊，他回头，却发现身旁的克里斯汀不见了，它躺在马路中间。

"克里斯汀！"英格理德丢下花赶过去，扶起克里斯汀，焦急地检查它的身体，"你没事吧？"

克里斯汀摇摇头，英格理德松了口气。

"喂，该死的！没长眼睛吗？！"车夫叫喊着。

是的，他还没教它如何过马路，不过它也不需要知道，有他在就够了。

突然车夫停止了嚷嚷，马车上下来一人。"英格理德先生。"对方招呼他道。

英格理德抬起头，是威尔兰伯爵，这人从他这儿定制过几次人偶。英格理德不情愿地向他行礼。

"真不好意思，我的车夫冲撞了您。夫人没有受伤吧？"威尔兰伯爵顿了一下，"不对，令夫人已经去世了，那这位是？"他向英格理德身后的"克里斯汀"望去，随后便惊叹道，"天哪！这位小姐与克里斯汀多么像啊，英格理德，我想你应该介绍一下她是谁。"

英格理德无法辩解，只好坦白道："这是人偶。"

"会动的人偶？"伯爵兴奋地叫起来，英格理德示意他小声点儿。"哈哈，好嘛！英格理德，这只人偶我要了。"

英格理德惶恐地摆手："不，伯爵先生，要是您喜欢，我可以再给您做一个。这款是初级产品，还有许多不足之处。而且，您知道，它是克里斯汀，我的妻子。"

"不，我就要这个，你也知道，我喜欢克里斯汀，真不知道她当初怎么会看上你这个贱民。"威尔兰作为伯爵的傲气涌了上来。

"不，我拒绝。"似乎被他的羞辱激怒了，英格理德强硬地回绝。

"你没有资格拒绝。买卖人体器官可是犯法的。"

"我没有，我用的都是动物的血和器官。"

"谁知道呢？"威尔兰阴险地冲他笑笑。

是啊，贵族要毁掉平民就像捏死一只蚂蚁一样简单，只要对方一句话，他就能在监狱里蹲一辈子。

英格理德愤愤地握紧拳头，又松开。"好。"他只能妥协。

他看着"克里斯汀"被扶上马车，伯爵上车时挑衅似的回头对他笑。

没办法，他只能去找藤本，请他再做一个心脏。

"在此之前，请接受我的委托。"藤本拿出一张边缘泛黄的黑白照片，上面是一位亚洲面孔的女子，"她是我的妻子，那时我在中国留学，就是在这个年纪遇见的她。"藤本沉思一会儿，似乎陷入了回忆，"不过，我想让你做一个老年时的她，我没有照片，但你应该能够想象吧，头发花白、满脸皱纹的老太婆。"讲着讲着，他突然幸福地笑起来。

英格理德感到疑惑，没有人会要一个年老色衰的人偶吧。但他还是答应了，毕竟藤本也帮了他不少忙。

一周后，藤本按照约定时间来取人偶，他揭开玻璃罩的手颤抖着，看到那老妇形态的人偶时，他终于忍不住落下泪来。

"是她，一模一样。"他颤抖着声音，手哆哆嗦嗦地抚上人偶的脸，人偶便睁开眼注视着他，两人相视良久，藤本才缓缓开口道，"谢谢你，英格理德。"他眼里满是真诚的感激。

藤本转身打开他带来的箱子，里面是好几颗机械心脏，还有几本书。他拿出一本牛皮封面的本子递给他："这上面详细记录了机械学的知识，都是我多年的经验总结。还有这几本书，你配合着来看。今后你就可以自己制作机械心脏了，你一定可以学会的，老英格理德的心脏都是你自己装上去的。"像是以后再也不会见面了一般，藤本一股脑儿地把东西全塞给英格理德。"还有，"他伤感地看着英格理德，"复活不了的人，可能是选择了进入下一个轮回，再或者他们已经没有灵魂栖息的躯壳，再也无法重生了。"

英格理德不明所以，但他感觉到，对面的人似乎正在急剧地衰老，脸上的皱纹逐渐增多，头发也变得花白，他想再说点什么，对方已经跨出门槛了："不必送了。"藤本携着老妇迈入门外光明的世界。

英格理德追出门去，庭院里空无一人。怎么可能，院子有一百米长，再怎么快地走出去，也不可能几秒钟就不见人影了。英格理德呆立在原地，怎么也不敢相信。

不远处的两只蝴蝶绕着花圃欢快地飞舞。

英格理德回到房间，看着那堆藤本留下的"遗产"，他知道自己还有很多事要做，便开始埋头于再次复活他的克里斯汀。

这次他做的人偶更加高级，他为它装上了百灵鸟的声带，克里斯汀的声音不正像百灵鸟一样动听嘛。他不敢再带克里斯汀出去了，它会一直待在宅子里。它会在黎明与黄昏之际歌唱，英格理德静静地听，他想他死而无憾了。

一个月后，英格理德收到许多订单，而且都备注是要和威尔兰伯爵一样的智能人偶。原来威尔兰在贵族舞会上把"克里斯汀"带去了，并向宾客们夸耀，他无疑成了舞会的焦点，以至于现在贵族圈子里掀起了一阵热潮。

英格理德只能接下这些单子，好在这些智能人偶都还不需要心脏，工序还算简单。渐渐地，他在贵族圈子里出了名，许多高官也向他发来订单。可有些订单的要求越来越高，出现要安装器官的了，有的甚至会给他寄来好几个人的心脏，供他实验和出成品。他不得不照单全收。他做舞姬，也做牛郎，做男孩女孩，也做肤色惨白的尸体，他渐渐麻木了。

也是在这时，平民对他的怨恨加深，他选择了搬家。他搬到阿尔卑斯山脚下，那里能看见湛蓝的天空，珍珠似的羊群，他想，克里斯汀一定也很喜欢，尽管它只会微笑着歌唱。

没了旁人的打扰，英格理德像他的父亲那样着了魔似的制作智能人偶，他想要真正地复活克里斯汀。他已经学会了藤本的器械之术，并开始自己研发创新，他做了许多实验品——以那些贵族的订单为实验。

某一天，隔壁搬来了一户人家，他在制作坊中听见有少年爽朗的笑声，而后他的门被敲开，一位金发碧眼的少年站在门口。"他像人偶一样漂亮。"——他脑海中闪过这个想法。"有什么事吗？"他冷冷地问道。

"英……格理德先生，"少年看了一眼门口的名牌，确认无误后说道，"我是刚搬来的，你的邻居。我叫亚修。"

英格理德依旧用冷冰冰的眼神看着他，少年有些尴尬地笑笑："这是我妈妈做的烤薄饼，不介意的话请拿去吃吧。"似乎是对妈妈的手艺很自信，他露出灿烂的笑容。

"不必了。"英格理德关上门，他不想与任何人扯上关系。不过，亚修……下次做人偶皮囊的时候或许可以以他为模型，他背靠着门这么想着。

英格理德以为可以凭一墙之隔从此与邻居一家再无往来，可那家的少年似乎对他很感兴趣，不，应该是对他的工作很感兴趣，他会一整个下午都趴在墙头看英格理德工作，直到英格理德看着窗外休息一会儿时才发现他的存在，被吓了一跳。

"你在干什么？"少年兴冲冲地问他。如果他有尾巴的话，现在一定高高地翘起，并且拼命摇晃着，像小狗一样，英格理德想，他拉下了窗帘。但是制作坊没有通风口，不一会儿他就被闷得头昏脑涨。应该走了吧，这么想着，他又拉开窗帘，但是那"小狗"还趴在那儿摇着尾巴。

"你在干什么？"少年又问了一遍。

英格理德只好回答他："制作人偶。"从墙头的位置透过窗口应该只能看到他画人偶皮囊的桌子，看不到里面组装人偶器官以及更换血液的工作台，不然少年一定会被吓死。

"我家也有人偶，很漂亮……"少年开始夸夸其谈。

"等等，小子。"英格理德打断他，"亚修？"不知道有没有记错名字，他抬眼看看少年。似乎因为自己被记住了，亚修很高兴地点头。"听着，你应该回家去做功课，而不是在我这儿消磨时间。"

"哈哈，做功课？"亚修大笑起来，"先生，我已经二十三岁了，可不是十三岁的小孩。这是说我看上去真的很年轻，唔，这倒也不错。"他又开始自说自话起来。

二十三岁呀，克里斯汀如果还活着的话现在也是二十三岁，多么美丽的年华啊，可是，可是……英格理德又陷入了无尽的悲伤。

"英格理德先生，您呢？"亚修见他没有回应，又大声嚷嚷了几遍，彻底扰乱了英格理德的感伤情绪，他拉上窗帘。下次换个地方工作吧，明天就换，他想。

可他终究还是没有换，那个地方采光好，于是他只能忍耐着亚修的叨扰，不胜其烦。

他似乎没有像原先那样疯狂地制作人偶了，做完贵族的单子，他会去阿尔卑斯山脚下走走——他一个人去，克里斯汀在二楼的房间里，睡觉或者唱歌。

亚修问过他每天夜里是谁在唱歌。"我的妻子。"他回答。

"哦，那她一定是位优雅的女士。"英格理德得意地点点头表示赞同，"让我见见她吧。嘿，夫人。"亚修上半身前倾越过墙头喊道。

"闭嘴！"英格理德拿起桌上的零件向他掷去，他害怕克里斯汀被人看到。亚修敏捷地躲开了，但由于重心不稳，他还是从梯子上摔了下去。

"哎呀，别生气嘛。我不喊就是了。"亚修爬起来，狗皮膏药一般粘回墙头。"不过……"他缓缓抬头看向二楼，"您的夫人好像自己把窗帘拉开了。"

克里斯汀开口唱歌了，英格理德慌忙冲上楼去，他忘了现在已是黄昏。他匆匆拉上窗帘，美丽的克里斯汀在他怀里歌唱。他想他再也不会把窗帘拉开了。

一天，英格理德正专心在书房里研制人偶药剂，那里是房子的正中心，四周都没有窗户，他忽然听见院子里有孩童的吵闹声，便出门去看。一群小孩子围着他的花圃，拨弄着花叶。

"谁让你们碰我的花了！那是克里斯汀的！"他冲花园里的孩子愤怒地喊道。

孩子们被吓得尖叫着跑走了，只有一个小女孩还呆呆地站在原地，她害怕地摆手说："对不起，先生。我、我只是想把我的球捡回来。"她啜泣着。

英格理德疾步走来，气势汹汹，亚修挡在小女孩面前。

"英格理德先生，有没有人告诉你，你的脾气真的很差。"少年笑着问他。

"与你无关。"他条件反射地回答，突然愣了一下，这句话他似乎也听克里斯汀说过，那时他们在街上被一位衣衫褴褛的老妇缠着买花，他被跟得不耐烦了，狠狠地瞪她一眼，生气地说："不买！快滚！"克里斯汀拍拍他，她向老妇买了一枝花，尽管那花已经蔫了，花瓣皱皱巴巴。

"就当是送给我的。"她微笑着对他说。

"好吧。你要是喜欢，我就在我们的院子里种上一大片。"

"嗯。"克里斯汀点点头，"还有，英格理德，"她笑着看着他，"有没有人跟你说过，你的脾气真的很差。"

英格理德低下头："对不起，我会改的。"他确实改了，但当克里斯汀离世后，他的坏脾气又恢复了，甚至更加古怪。

"给你。"亚修把滚落在花丛中的球捡起来递给小女孩，温柔地拍拍她的头，起身对英格理德说："你应该改改了。"

英格理德愣了一下，而后恢复了高傲的姿态："与你无关。"他说，"快滚，我不想再看到你。"

于是他真的再也没看到亚修趴在墙头对他嬉皮笑脸地打招呼了。他偷偷从二楼的窗户往下看，少年正忙忙碌碌地帮家里人做事，再往下看时便看见他带着一个漂亮的姑娘回了家。他已经腻了吧，像我这样的怪人，没有人会愿意靠近，他想。他继续发了疯似的研制人偶。

那天，英格理德像往常一样又在制作坊内忙碌到深夜，克里斯汀在二楼的房间，站在窗口轻轻歌唱，英格理德听着空灵的歌声，只觉困意袭来，便趴在工作台上睡着了。夜里有老鼠打翻了烛台，被人摇醒时周围已是火光一片。由于吸了些烟尘，他的脑袋昏昏沉沉的，他在迷糊中被亚修扶了出去，吹着室外的冷风，才想起还在二楼的克里斯汀。

"哦！克里斯汀！"他急忙想要冲进屋里，却被亚修拦住了。"放开我！克里斯汀还在里面！"他挣扎着。

亚修抱住他："里面很危险！"英格理德挥舞着双手打他，试图挣脱。"它只是一个人偶！"亚修终于戳破了他自欺欺人的谎言，他第一次见到窗口的克里斯汀时便知道它是一具人偶，因为在它没被睡裙遮住的脖颈处，有明显的机械接痕。英格理德愣住了，亚修温柔地看着他说："你还能再做一个出来。"

"不！不是！它不是人偶！它是克里斯汀！"英格理德恢复了歇斯底里的状态，他愤怒地吼叫，"你什么都不懂！放开我啊，混蛋！"

"没错，我不懂。"亚修松开他，"好。我去帮你找。"他转身奔赴火海。

英格理德看着亚修奋不顾身的背影，突然想起了克里斯汀死时也是这样，为了救那只该死的跑到马路上的小狗。他耳边响起藤本离开时对他说的那些话。

"亚修！回来！"亚修的母亲赶过来，只看见瘫坐在地上的英格理德。

亚修再也没能从房子里出来。消防员赶到时，房子只剩摇摇欲坠的木质架构了，他们从房子里抬出两具抱在一起的尸体，人偶被烧得漆黑，可亚修竟毫发无损。他的母亲欣喜地抱住他，却发现儿子已经没有了生命迹象，"怎么会？怎么会？"她喃喃道，"亚修，亚修！"没有回应。

英格理德冲过去拨开妇人，他在众人的注视下划开他的胸膛，取出他的心脏。

"你在干什么？你这个杀人犯！疯子！"亚修的母亲嘶吼着。

他并不理会她疯狂的尖叫与拍打，小心翼翼地将心脏放入培养皿，他不想再一次永失纯洁的心灵。

第二天英格理德不见了踪影，他搬去了遥远的东部平原。他是一只刺猬，只能用逃避面对现实。他时常会梦见那场大火，克里斯汀与亚修站在火光中，他们都是为救他而死。他把装有亚修心脏和特殊营养液的玻璃罐锁在箱子里，他想他一辈子都不会打开那个箱子。

英格理德又开始制作人偶，以此来填补内心的空虚，但他再没有做出第二个克里斯汀。他打算就这么在他的小房子里孤独终老。

而后便到了现在，接到布兰迪太太订单的一周后，英格理德的家门在清晨被急促地敲开，是布兰迪太太。

"英格理德先生，心脏已经为你找来了，请快点完工。"布兰迪太太把盒子塞给他。

"这心脏是哪儿来的？什么人的心脏？"英格理德不紧不慢地问道。

"问那么多干什么，做好你该做的就行了。"布兰迪太太不耐烦地白他一眼。

英格理德轻笑着："夫人，您不知道，心脏不能乱用，它会带着死者的记忆重生，要是这是个罪犯的心脏，那可不好办了。"

布兰迪太太有些着急了："这可怎么办？再不快点就来不及了。母亲的病一刻也拖不下去了。"她说着说着哭了起来，"为什么是哥哥啊，他明明还那么年轻，他是世界上最好的人，可为什么这样的好人却被带走了啊？上帝啊……哥哥，你为什么要去帮别人家救火啊，为什么死的是你，不是那些人？"她念念叨叨，也不知是在对谁说话。

"您说，您的兄长是为帮别人救火而死？"英格理德心里咯噔一下，记忆被再次勾起。布兰迪太太点点头。英格理德叹了口气："好，我知道了，明天你来取人偶吧。"

"真的？"布兰迪太太惊喜地擦干眼泪。

"嗯，保证让您满意。"

英格理德打开了落满灰尘的皮箱，玻璃罐里的心脏还是鲜活的颜色。他将它装入早已做好的编号7580的人偶体内，明明是已经重复过上千遍的工序，这一次对他来说却异常艰难。他把心脏放入特制的银盒中，这样会让复活的人偶丧失部分记忆，比如身份地位，而去记住制作者想要它记住的，但要是某天突然触发了它内心最深处的记忆，人偶就会回忆起前世，虽然这是极少数情况。

英格理德将7580的脑袋插上X级导管，泡进巨型玻璃器皿中，里面盛放的是电解质溶液与特制营养液，接下来只要对7580进行脑电波控制，输送强制记忆指令就好了。

他按下启动按钮。7580睁开了眼。看着它蓝宝石一般的眼睛，他有些恍惚。该如何形容这场重逢，冰冷的玻璃罩，皎洁的月光，澄明清澈的眼神，以及一颗有力地跳动着的鲜活的年轻的心。

"你叫格莱特·威姆逊，你的妹妹布兰迪太太……"英格理德声音颤抖，他照着布兰迪太太给的清单念，将这些信息传递给7580的大脑皮层。"拜托了。"他喃喃着，按下终止键。

布兰迪太太来了。英格理德打开7580的玻璃罩。

"哦，天哪！它长得和哥哥一模一样。"布兰迪太太惊叹道。

英格理德又按下按钮。

"嘿。"7580亲切地搂着她的肩，布兰迪太太不可思议地笑了起来。

"天哪！英格理德先生，您是上帝之手！"布兰迪太太写下一张支票给他，从金额上看来，7580是个成功之作，她很满意。

看着7580与布兰迪太太有说有笑地上了马车，英格理德感觉心里的大石落了地。那么，他在这世上便再无牵挂了吧。

夜里他放了一把火，如同梦里那场那般，熊熊燃烧，经久不灭。有人走进火光。是来一窥究竟，还是来将他焚灼，抑或是来重新燃起内心已熄灭的火焰？浓烟熏得他眼泪止不住地流，凭着蒙蒙眬眬的视线，他感到对方向他伸出手，他没有接受，他再没有接受的权利了。耳边响起噼啪的木石燃烧的声音，他闻到熟悉的特制皮毛烧灼时散发的味道，才终于伸出手去，触碰到的是已经烧得发烫的金属质感——是7580。

"你不是在布兰迪太太的家里吗？"他问道。人偶不说话。"算了。别管我。"他推开它。

人偶静静地蹲在他面前。

"我干了件坏事，十恶不赦，人们因我的艺术纷纷死亡。"英格理德垂下头，"7580，你也觉得我该死吧，我应该下地狱。"

"不。"人偶张口了。英格理德擦干泪睁开眼看它，人偶玻璃制的澄明眼睛里闪烁着火光，"我叫……我……"它似乎因为陷入回忆而头痛欲裂，抱着脑袋拼命记忆起心里的那个名字。

"7580？"英格理德从未见过人偶这样发疯似的抓自己的头发，不禁有些担心起来。

"不！我不是7580！我、我叫……"人偶在火光的映照下红着眼看他，"亚修！"它终于回忆起来，激动地抓住英格理德的肩膀，机械手指烫得他往后缩。

"亚修。"英格理德心里咯噔一下，他以为他乘着遗忘之舟早已离去，却不知晓，心灵最深处的记忆，自这副身躯诞生起便开始萌芽。

"英格理德先生。"7580呼唤着他的名字，他又想起了那个噩梦，他捂住耳朵直往后退，却突然撞到一根摇摇欲坠的柱子，头顶燃烧的房梁瞬间砸下来，他闭上眼睛，却发现炙热的温度环抱着他——是7580抱住了他，替他挡住了沉重一击，但它头与脖子的接缝处却因这一砸裂开来，蓝绿的电线露出来，吱吱地往外冒着火星。

英格理德望向它，人偶，不，应该是亚修也注视着他，微微笑着。

"亚修。"他看着那熟悉的笑容忽地释然了，含着泪笑着叫它。

"一起下地狱吧。"周围火光冲天。

黎明的曙光升起时，人们发现英格理德的家已化为灰烬，废墟堆中只剩一个金属盒子，里面竟是一颗鲜活的心脏。但没有人注意到，那金属盒子的内壁雕刻的名字——Ash（亚修）。

拿竹条扫帚的老人

如果早上在楼下小摊还能买到热乎的灌汤牛肉包，你再去茅洲河边上走一遭，准能看到那个拿竹条扫帚的老人家哗啦哗啦地划拉着路面。

他还会带上一把小铲，把卡在地缝里的、被雨冲烂了而黏在一块儿的广告和纸巾屑一点一点地敲出来，就差拿块抹布将你的鞋底也擦一遍了。他的确也这么干过。

那天我像往常一样去晨跑。寒露的早晨总算有了些秋天的凉意，树上也开始掉叶子了。不过放心吧，到了中午，地面保准干净得让你以为树叶早就掉光了，不然那平展的水泥路面上怎么会一片打着卷儿的枯黄落叶都没有呢。那个老人家，拿着竹条扫帚哗啦啦清扫不停的老人，一定不会允许他的管辖区有一丁点儿破坏这里和谐环境的东西。

我远远地望见他，便听见扫帚与地面亲密地摩擦，发出有节奏的哗啦啦的声音。他像一位指挥家，用他的扫帚指挥棒在地面谱曲，风和流水为他伴奏。

一阵瑟瑟秋风让他停下了手上的动作，他直起腰来，深情地望着茅洲河水。我放慢脚步，循着他的目光望去——金灿灿的芦苇草俯下身去，簌簌作响，像风吹麦浪，我没有见过麦子，但我想大抵便是如此了；澄明清透的河水泛着鱼鳞似的潋滟波光，鱼群一尾尾地聚成一团，像是注意到有人来了，又忽地四下惊散开去。

我不由得轻手轻脚地从他身旁走过，唯恐鞋子发出的嘎吱响声破坏了这场音乐会，惊扰了这位陶醉其中的艺术家。

"等等。"被人冷不丁地从背后叫住，我吓了一跳。他在后面追着我，矫健的步伐一点儿也不像个六七十岁的老人家。

我停下脚步，他便蹲下来盯着我的脚。虽是穿着运动长裤，但他前后打量的目光也让我好不自在。"有什么事吗？"我往后退了一步，与他保持距离。

他干脆伸手过来，抓住了我的右脚脚踝。差一点儿我就要干出上社会新闻头条的事了。他从兜里掏出纸巾，从我鞋底抠下一块口香糖。

我愣了一下，他放下我的脚。像是才看到我，他拍着光溜的脑袋："哎呀，不好意思啊，姑娘，我光顾着看口香糖了，没注意到你人，实在冒犯了。"我摇摇头，他又继续说道，"晨跑啊？好啊，多来茅洲河边走动走动，这儿环境好，空气也好……"

我看看手表，实在没时间听他唠叨，便匆匆打了个哈哈，快跑着离开了。老人家还在后面招呼我："好啊。慢点哟。"

从门卫室拎了书包，我匆匆赶去教室，保安大叔打趣我说："再跑快点儿，你们班主任已经来啦！"

我赶紧加快脚步，上气不接下气地爬上六楼，甩下重重的书包，一屁股坐下，同桌便开启了与我斗嘴的一天。

"哎哟，走读生就是好哇！睡过头了才赶过来也不打紧，哪像咱哟，六七点就要起来啦……"阿杰背靠着椅子往后仰，吊儿郎当地斜着眼看我。

我懒得理他，忙问前面的同学："老师来了吗？"

"哪那么快哟，她住学校的，比你还不急不慢呢。八点半上课，她准八点二十五才到。现在才八点十分。"阿杰又多嘴地抢话说，只是依旧不忘内涵我一下。

"那个大叔……"我捏紧拳头。

不过，差点儿又忘了，我们已经换了班主任，新来的班主任再不像刘老师那样，八点不到就过来监督我们读书，所以，我不必跑着过来的。

"哈哈，你不会又忘了咱们已经换了班主任吧！"像是看出了我的心思，阿杰爆笑道，"这家伙，上个月教师节，还往小卡片上写'亲爱的刘老师'呢！要不是我看到了，她这剩下的一年时间就得看王老师的脸色做事啦！"

"闭嘴。"我操起课本狠狠地敲了一下他的头，他抱着头，仍不忘对着前后桌挤眉弄眼，真让人火大。

"不过你们知道吗，听说刘老师啊，调去中大啦，人家以后可就是中大的教授啦！"阿杰又不知从哪儿听到了毫无依据的情报，惹得周围同学议论纷纷："啊？那么远。那以后咱们想去看他都不行了。""他去教什么啊？还是生物吗？"

我没兴趣听他废话，翻开书开始背课文。

"下节课检查《陈情表》，你背了吗？"我被阿杰叽叽喳喳的聒噪声音闹得根本背不下去，便冷笑着看他。他忙叫苦不迭，终于安分地拉着脸背书。

之后的每一天都是这样，拿竹条扫帚勤勤恳恳的老人、老打趣我但我再不会上当的门卫大叔、像鼻涕虫一样甩也甩不掉的烦人精阿杰，这三人将我的一天用茅洲河、用南环大道、用光高校园里不知名的小路串联起来，单调又色彩纷呈。

周末的时候我也会去晨跑，那个老人家还是在那里，风雨无阻。天气冷了，他会带一个保温杯，扫着扫着便停下来歇一会儿，坐在河堤旁的石凳上，喝着冒热气的茶水，平静地望着茅洲河，好不惬意。看到我，他也会用他那雄浑的声音跟我打招呼："早啊。又来跑步啊？"我点头回应他，他便笑眯眯看着我，不住地点头称赞："好啊，好啊。"

树上的叶子掉得多了，他把落叶堆在一起，往河岸边枯黄的芦苇草丛里撒。有一次他背对着我往河边扫落叶，险些扫到我的脚上。

"哎哟，对不起对不起。"他急忙掏出手帕，摆出一副20世纪上海租界路边擦鞋童的架势，吓得我赶紧往后退，忙摆着手说："不用了，不用了。"

他似乎也意识到自己这副架势吓到我了，便抓了抓不存在的头发，不知是在自言自语还是在向我解释："我儿子说，把树叶堆在一起，等明年就能变成肥料。变废为宝，好啊。这叫啥来着？"

"堆肥。"我见他想了半天，便出声提醒。

"啊，对对对！堆肥。"他拍拍脑袋，眼里闪着光，"我儿子在中大教书。"像是在等我做出反应，他骄傲又不好意思地双手交握搓着手。

我猜，他前面说了那么多，只是为了引出最后这句话。于是我只好回应他的期待，故作惊讶地说："呀！这么厉害！"

他嘿嘿地笑，脸上因为高兴泛起红润的光。他又开始近乎卖弄般地讲起他儿子："我跟你说啊，这茅洲河就是我儿子修的……"我觉得好笑，心想，什么啊，原来是筑路工嘛，也是，中大的老师怎么会让自己的父亲扫大街呢，这大概就是大人们常做的——为了不让家中老母担心，故意说自己在外面混得很好？我无心听他讲，便望着他身后的方向，伴着频频点头，装作很认真地在听，其实心思早不知道飘哪儿去了。

正是周末，人比平常这个时候多了一倍，大人领着孩子从不远处的天桥上经过，应该是去旁边的左岸科技公园了。妈妈老说那边建得非常漂亮，特别是会发光的音乐喷泉，让我一定要去看看。我笑她老土，这有什么好看的，便以没有时间为借口推脱了，或许今晚可以去瞧瞧。

"啊？什么？"直到那老人家拍拍我的肩膀，我才回过神来。

"我说啊，将来你也考中大，让我儿子教你。"看得出，这场他单方面输出的聊天让他得到极大满足，他的脸因讲话时过度呼吸而涨得通红，连锃亮的头顶也泛着微微粉红的光泽。

我点头说好。看来他对自己儿子是大学老师这件事深信不疑。

第二天晨跑时我没有看到那个老人，大抵是天气太冷起晚了吧。第三天他依旧没来，我忍不住担心起来。看到有穿黄马甲的清洁工人，我上前向她打听："阿姨，那位老人家呢？拿着竹条扫帚的老人。"

她看我比画着，想了一会儿："啊，你说刘伯啊，他生病了好像。我早劝他别来的，老人家哪能这么折腾啊，特别是这大冷天的。"

　　我"哦"了一声，转眼便到了学校，门卫大叔又说了什么，我不记得了。只觉得难过，那个老人家，为了儿子不那么辛苦，一把年纪了还在干活，以至于累垮了身体，却还被儿子虚荣的谎言蒙在鼓里，实在太可怜了。

　　"喂，你发什么呆呢？"阿杰拿笔戳了戳我。

　　"啧，别烦我。"我拍开他，背过身去。

　　"问你个事儿呗。"

　　"不知道。"我低着头，声音瓮瓮的。

　　"你肯定知道。很重要，赏个脸听一听呗，哥儿。"他不依不饶。

　　我只好又转回来看着他："要又是屁大点儿事就揍你。"

　　"是是是。"他嬉皮笑脸，"你想考哪个大学？"

　　"啊？不知道。还早呢吧。"我被问得发蒙。

　　"我啊，要去中山大学！"

　　"嗯，好，不错，未来可期。"我敷衍地点点头。

　　"咦，你不问问我是哪个中山大学吗？"

　　"还有哪个中山大学？"我被他问得好笑，"中山大学南方学院？"我那不争气的哥哥就是这个学校的，于是我便打趣他道。

　　"非也非也。"他闭着眼睛摇头晃脑，"是光明这边的。"

　　"哦哦，光明学院啊。"

　　"哎呀，不是学院，是光明校区啦。"他解释着，似乎发现了我的漏洞，他坏笑着凑近我，"哟，你不会还不知道吧。中山大学在咱这儿也建了新校区，咱以后也能走读咯。"

"我、我当然知道！"我红着脸辩解，"不过我要去就去广州，谁要留在这种地方嘛！"他似乎有些失落，不再言语。我意识到自己说错了话，慌忙摆手："啊，不是，我是说挺好的，你加油。"前言不搭后语，我也不知道自己在说什么，总之用力地拍了一下他，"你别生气啊！"

"啊？我没有生气。"他蒙蒙地抬头，"只是在想，你这个成绩确实考不上中山大学。"

"你找死是不是啊！"

"欸欸欸，我生气了。"

"谁管你啊！"

鸡飞狗跳的一天又这么草草结束了，放学的时候阿杰叫住我："你再想想呗。这边的中大和总部是一样的，毕业证盖章也是'中山大学'，没加什么'南方学院''光明学院'。"他顿了一下，"留在这儿不也挺好吗？"

我点点头："嗯，我会考虑的。"

"你别怕考不上啊。我可以给你补补课。"他咧嘴。

"你还提是吧？"我朝他翻了个白眼，背上书包。

"记得好好想想啊。"出了教室，他还在背后冲我喊道。

"好。"我没有回头，挥挥手道了别。

周末的早上，我见到了那位老人家。他正与我前两天看到的环卫阿姨站在一起。

"哎呀，刘伯，不是说了让您别来了吗？"

"没事，我闲着也是闲着。我儿子啊……"

"爷爷，您的病好啦？"我上前去问道。

"哎，我没生病。"他摇摇头，看着旁边的阿姨，"你又夸大其词，是不是觉得我老人家就该生病啊。"他又转头笑眯眯地看着我说："又来跑步啊？好啊。"

"您就别来打扫了，这天又冷。""是啊，别累坏了身体。"我和环卫阿姨你一言我一语地劝着他。

他一直笑着摇头说："没事没事，我儿子他……"

听到他又提起他那不知道哪儿去了、一点儿不关心父亲还撒谎的儿子，我顿时气不打一处来："你儿子他真不是——"

"爸！您怎么在这儿？"声音有些熟悉，我回头看，竟然是刘老师！我急忙吞回已经到嘴边的话。

"刘老师，你怎么……"

"哎哟，小汪啊。"

尽管有很多想问的，感性的冲动还是让愤懑占了上风，我带着责备的语气问他："您怎么能让爷爷这么大年纪了还出来干活呢？难道您调去了中大就可以不管老人家了吗？李密面对切峻诏书，上书道'乌鸟私情，愿乞终养''是以区区不能废远'。您忍心让自己的父母也变成空巢老人吗？"不知为何，我突然就想到了最近学的《陈情表》，便脱口而出，引用在此确实非常契合当下的语境。

面前的三人被我说得愣了半天，面面相觑。

"哎哟，闺女啊。你误会啦！"刘爷爷反应过来，哈哈大笑。我一头雾水地看着他。"我可不是环卫工人哟。你看看，我穿黄马甲了吗？"他抬起手臂转了个身，"我不是说了吗，我儿子在中大当老师，这条河就是他修的。"

"爸，我只是参与策划案。是政府主持修建的。"刘老师被他父亲大嗓门的夸耀搞得不好意思地挠挠头，他又转过来看着我："小汪啊，我是调去了中大，不过还在光明呢，中山大学在这儿也建了校区。"我想起了阿杰的话。"况且，在你眼里，老师是那种会抛弃父母的不孝子吗？"

我羞红了脸，赶忙低头鞠躬道歉："对不起，老师！我什么都没搞清楚就乱说话了。"

"哈哈，没事没事，这不怪你，是我没和大家说清楚。"刘老师扶起我。

"是啊，要怪也只能怪我，天天尽顾着自说自话，让你误会了。"刘爷爷也过来拍拍我。

我一时间说不出话来。

"不过，课文背得不错嘛。赶明儿我向你们王老师夸夸你。"我不好意思地笑了。刘老师接着说："对了，你准备考哪个大学呀？要早点定一个目标。"

"我还不知道呢。"

"要不来中大吧，就在咱们这儿，我还当你的老师。"他眼里满是期待，"现在光明区发展得越来越好了，经济发展多快啊，你看看这高楼大厦、商铺云集，明儿就能赶上市中心啦。而且近年来政府大量引进人才，正是需要你们这些青年才俊的时候。与其看着家乡不断变化，不如参与到这变化中来，让咱们光明变得更好！"刘老师越说越激动，情至深处直涨红了脸，和刘爷爷一模一样。

"嗯！说得好！所以你更应该让我来这儿扫地了。"刘爷爷插进来说。

"这跟您有什么关系？"刘老师无语又无奈地笑着看他父亲。

"怎么没关系？这条河是我儿子修的，我不得像疼孙子一样好好管理这河岸？"刘老师扶额。刘爷爷继续说道："而且，你刚才也说了嘛，与其做变化的旁观者，不如参与进来，成为推动者。怎么，想把老人家排除在外？"

我们被他逗笑了，刘老师只好妥协："好吧，那你只能一三五过来，其他时间就好好在家休息。"刘爷爷笑眯眯地说行。

"刘老师，"临走时我对他说，"我会努力成为您满意的学生的！"

他笑着拍拍我的头："好！我们约定了！"

"嗯！"

我看着暖阳下的茅洲河，河水平静流淌，有时会安静得让你忽视了它的存在。但在那河道转弯的地方，河水发出欢快的声响，巨大的冲击力使河堤被侵蚀，形成河上沙洲，而在那沙洲之上，芦苇疯长，野菊花常开不败；沙洲之下的鱼儿翻腾着、跳跃着，汲取沃壤中的养分。哪怕是再小的水滴，聚在一起也会形成强大的力量。同样，再宽阔的大江，如果少了每一滴水，也终究无法成为江河的模样。这不正像我与光明区嘛！

我站在日光之下，感慨万千。不过可以肯定的是，从明天开始要让阿杰帮我补补课了。

失物传送

"好了，都过来这边集合！"熙娜老师高举起手。今天不跑步，她没有带哨子，不然她一定会把那亮黄色的小东西吹得"哔哔"叫唤。

大家以老师为中线，迅速排成四横排。

熙娜好像很满意，她笑眯眯地看着我们，放下手。

"好啦，今天我们来测立定跳远。"

我不禁唏嘘，我的立定跳远从来没有及格过，倒也不是腿脚的毛病，就是跳不远，怎么教都没用。这次应该又会不及格吧，我为自己捏把汗。

"在做准备活动之前，有件事跟大家说一下。"熙娜扶着额头，似乎遇到难事了，"第一节课啊，我那个班有个女同学，哎哟，我现在想想就头痛。"她摇摇头。

受伤了？中暑？摔跤？什么呀？同学们好奇地望着她，等待她揭晓谜底。

"那个班呢，今天是跑一百米的。"熙娜没有直接说结局，而是从前面开始慢慢铺垫。我们紧张地听着。"我们本来都把包放在这里，"她偏了一下头，看向主席台，"跑步的时候，我就叫她们把包带到终点那儿去，"她又指向对面，"结果那个女生没有拿过去。我想着不拿就不拿吧……"

啊，东西不见了啊。我猜到结局便不想再听下去了。

我盯着熙娜的衣服看，又是那件白T恤，胸前和腰侧有几个故意设计的小破洞。听菁菁说，那衣服还是个牌子货，得不少钱呢。我死盯着那个小洞，想知道破洞下面有没有内衬，破洞太小了，看不出来。这样看来就好像那洞不是本来就有的，而是被我盯出来的，我不觉脸红起来。

"哇！"大家突然爆发出一阵惊叹。

"怎么了怎么了？"我问旁边的菁菁。

"iPhone 12。"

"哇！"我也跟着惊叹起来，集中注意力听熙娜讲。

"那手机好像得一万多块钱吧，那个女生就哭啊，打电话跟她妈妈说不在这儿读啦。然后我们找了一节课都没找到，就报警了。警察通过手机定位，结果显示那手机就在这儿附近，从饭堂到操场这里。"熙娜手打着圈比画着，"哎呀，我们这学校设计得不合理，饭堂上面就是宿舍，宿舍楼又紧挨操场，这样一来，不是要去宿舍把每个人都调查一遍？"

熙娜又说了一大堆，说她以前也丢过手机啦，其实她知道是学生偷的，但没有说啦，叫我们要财不外露啦，等等等等。

我看看手表，半节课过去了。

终于，她也意识到自己说得太多了，便急忙打住："好了好了，不说了。来，散开，做准备活动。"

高抬腿的时候，我飞快地抬腿，熙娜说这样活动关节，等会儿能跳得远一些。

"后面那个女生，再抬快一点。"她说的是菁菁。我看她好像有点心不在焉的，抬腿也没用力，不过她个子高，随便跳一跳就及格了。

我们四个人分为一组，我和菁菁在同一组。她果然随便一跳就一米八了，这应该有八十分了吧，我想。

到我了，我按照熙娜教的，前后甩着手臂，在双手甩出去的那一刻脚尖猛地蹬地，巨大的惯性把我推到了前面。

"一米四。"熙娜失望地看着我，"离一米五达标还远着呢。"

我不好意思地笑笑。

"再去跳一遍。"

哎，其实再怎么跳都是这个样了，但我不能说，这样会显得我态度不真诚，所以我不得不重来一遍。

"一米四二。再来一次。"

"老师，我真的不会，再跳也就这样了。"跳了几遍后，腿有些发酸，我终于妥协了。

"那你再练练，下个星期再单独测你吧。"

"哦。"我嘴上答应着，心里想的却是截然相反。

我在一旁看着那些一跳一米八九的人，百思不得其解，她们是怎么跳的啊，明明是一样的腿。

"菁菁，你说说，这是怎么回事啊？"我转头羡慕地看着她，请教道。

"啊？什么？不知道啊。"她显然没有听到我说的话，目光呆滞地看着对面。

我只好继续看着其他测试的人，企图从中汲取跳远秘籍。

"好了，下课吧！大家赶紧去食堂，等会儿人多了，排队要好半天呢。"没想到讲了半节课题外话，测试竟还提前结束了，熙娜一定是掐着秒表上课的。

"耶！谢谢老师！"大家欢呼着拥向食堂，全然忘记了刚刚喊着腿好酸的自己，用最快的速度跑开了。

我拿了包，下意识地掏出手机，还在，不觉松了口气，便又想到那个丢了手机的同学。

"好惨哦，一万块呢。"我对菁菁感慨道。

"是iPhone 12吗？"

"是吧。你的关注点有点奇怪啊。"

"不过，上万块的是iPhone 12 Pro Max吧？"

"管他呢，吃饭去。"我拉着她冲向饭堂。

打饭的小哥还是一如既往的豪横。

我说："能帮我打那个鸡吗？"

"啧。太远了，打不了。"他把勺子往那儿偏了偏，好像他真的伸过去了并且也确实够不到。

明明只要伸个手过去就好了嘛，我不爽地嘀咕着："那就要这个吧。"我指着面前炒得白花花的看起来让人毫无食欲的白菜帮。

"哼，说不定就是这些打饭的偷了手机。"来到座位上，我对菁菁说道，"你看，饭堂到操场，空间范围上符合吧，又懂新潮，认得出是苹果最新款手机，主体特征上也符合吧。"我越说越确信，仿佛我已经掌握了第一手犯罪证据，只等将嫌疑人缉拿归案了。

菁菁安静地吃着菜，并不理会说得眉飞色舞的我。

回到宿舍，我便忍不住向室友们说起这事。

"哎呀，我也听说啦，现在年级群里都在说这事儿呢。"

菁菁还是没有参与到这场讨论中来，她面色难看地回到自己的床位，戴上了耳机。

"你们说等会儿不会有警察来突击检查吧。"

"啊？真的吗？有点儿刺激呢！"

"真的吗？"菁菁终于开口了，她有些激动，死盯着人家，不过和我们的激动不同，她皱着眉，似乎还夹带着些许惶恐。

"啊，我乱讲的。"说话的同学被她的认真吓了一跳。

菁菁翻身下了床，拿着电话出去了。

"她好像反应过激了吧。"有人吐槽道。

我望着她出门的背影，不好的念想浮上心头。不，不会的，她早上都是和我在一起的……但是，第一二节没课，她好像说了要出去一下吧？

老妈的一通电话打断了我的胡思乱想。

"在干吗？"

"刚吃完饭，在宿舍歇着呢。"

"别……赶紧……"

"什么？信号不太好，等等。"我拿着只听得到电流声的电话出去了，视频画面定格在老妈闭上眼睛、微微张嘴那一帧，我忍着没有笑出来。

"现在大家都知道了，怎么办啊？"

我来到走廊，便听到菁菁在走廊尽头对电话里讲着，她捂着嘴，见我来了便背过身去，但我还是看见了，她神色慌张。

"妈，我跟你讲，我们今天体测，有个女生的手机不见了，苹果最新款哦，一万多呢。"我故意说得很大声。

"我的天，买那么贵的手机干吗？"

"不过应该能找到的，毕竟警察都来了。"

"你可得保管好自己的财物，财不外露，听到没。"

"我有啥财啊？人家都不屑于我这破烂。"

老妈又啰唆了些要好好学习、注意身体等等，我随意地应着，眼睛却始终观察着远处的菁菁。她一直背对着我，讲话也小声得我根本听不到。我更加怀疑了，但没有十足的把握，我不敢给朋友扣上这样的罪名。

我们几乎是同时挂掉了电话，她转身看到我，尴尬地笑了。

"跟谁打电话呢？神神秘秘的。男朋友啊？"我调侃她，却显得极不自然。

"没有，同学。"

"你说，手机肯定会找回来的吧，不说警察出动，现在全校人都知道了，那小偷也应该害怕了。"我一边说，一边偷瞄身旁的人。

"应该吧。"她低着头，我看不到她的表情，便无法用我推理家的能力洞察真相。

"我下午想去练跳远，你跟我一起吧，教教我怎么跳。"

"不好意思，我下午有点儿事，你找别人吧。"

她在逃避吗？

"好吧。"我不敢再追问下去，这样会显得我意图过于明显，而且，我似乎已经知道答案了。

下午，菁菁早早地出了门，我内心几番挣扎。

"我跟你们说……"见我神神秘秘地开口，室友们都八卦地凑了过来。

看到她们好奇睁大的眼睛，我却慌了神——如果判读错误，就算最后证明不是菁菁，谣言的力量也是可怕的，对于与我毫不相干的陌生人，我可以无所谓，但对于身边的朋友，这份伤害是我承担不起的。很自相矛盾吧，但事实就是如此。人们总是习惯躲在阴沟里诟病别人，下水道里的臭虫上不了台面，因为在强光的照耀下，它很快就会怕得爬回自己的阴暗角落。

"没事……"我还是选择了沉默，她们哼了一声便回到自己的位置了。

还是不要管这些事了，警察会处理好的。去田径场好好练习跳远吧。

太阳正当头，操场上有一个班的人在上课，还有两个警察在现场搜查。应该找不到了，都找了一个上午了。我一边嘲讽着警察做的无用功，一边又忍不住靠近，想一窥究竟。我找了块离他们最近的树荫，练习跳远。

跳了几遍仍是不达标，腿脚也跳得发酸，我叉着腰休息了一会儿。一旁的警察似乎也是搜寻无果，摘掉帽子当扇子扇着风。我看着他们觉着有点好笑，难道就这样石沉大海了吗？还是真的要一个个搜问？

我转头看向别处，盯着他们太久会被当成嫌疑人吧，像是侦探小说里常写的嫌疑人重返作案现场，"趋避冲突"什么的。

远处的那个班也在测跳远，小小的人儿像蚂蚱一样，一个接一个跳着。

突然，一个穿着紫色衣服的身影引起了我的注意。我眯起眼仔细看，是菁菁！

她来干什么？她不是说不来操场吗？我心头一紧，呼吸都放慢了，静静观察着。

她身旁还有一个人，穿着黑色短袖，长发披散下来，遮住了她的脸。我认不出来，不过看那身型和走路的姿势，应该不是我们班的。菁菁四处张望着，她头顶的金属小发卡不时从多个角度反射出闪亮的光彩，示意我此刻她内心慌张。她身后的人则低头跟着，两个人一前一后地走过上课的班级。暗色系的衣服从训练的人群背后穿过时很难被发现，它们与五颜六色的衣服融在一起，成为那些色彩的背景色。跳远的人来回走动，让我的视线好几次跟丢了人。

"呀！"

"怎么了怎么了？"

旁边的那两个警察突然开口道。我赶紧偏头看向他们。

"哎，什么啊，是塑料纸啊。"

嘻，我也跟着轻轻叹了口气。又急忙连接上刚才被迫中断的视线追踪——她们已经穿过了人群。没有了色彩的遮掩，就算是暗色，在空旷的背景板上也会引人注目，所以她们加快了脚步。可惜隔得太远了，我看不清她们的表情，大抵是紧张的吧。

她们走到一处无人的草丛后，那是个极佳的位置，草丛——树——警察，三点一线，那儿对警察来说是个视觉死角。

但我看到了。

她们把一块东西丢进草丛，太阳照射着地面，除了树荫下的我，一切事物都在阳光的照耀下，所以那东西的反射光分毫不差地投映进我的虹膜，那是光滑的手机屏幕才能反射出的光。

心跳似乎漏了一拍。

我继续目不转睛地盯着她们。

菁菁的肩膀塌下来，似乎松了口气，她又看看四周，便拉着她的朋友准备离开，而她的朋友则恋恋不舍地回头望着那丛草。

她们终于走了。我也如释重负——一切都已明了。

"怎么办啊？找不到了。"不远处传来那两个警察的对话。

"提取DNA吗？"

对啊，如果是被人从包里拿走了手机，那么包上一定会有痕迹残留，提取包上的DNA一验，便可真相大白。

那么这样一来，菁菁劝导保护着的朋友便会被当成嫌犯抓住，会被全校人当作小偷，视为耻辱，而菁菁的努力也会白费，她一定会很难受吧。

"先等等，我打电话问问队长，你再看看。"

还有时间！

我走出树荫，悄悄地绕到那个草丛后，捡起那部被太阳晒得发烫的手机。

"我捡到了这个。"我在警察拨通电话前，把手机交给他。

他们惊愕地看着我，一脸狐疑。我扬起脸，正面迎上他们的目光。

"好的，谢谢。不过麻烦待会儿跟我们去做个笔录。"

"好。"

我人生第一次被"请"进了局子，在警察的一遍遍询问下，我一直坚称自己就是无意看到的。他们从我的表现中找不出破绽，与失主协商后，此事便这样算了。

只是我一直好奇，这件事到底要归功于警察，还是"杀人"于无形的谣言呢？

迷惘在夜色中安睡

　　这和她想的不一样，窗外的景色并没有像书上常说的那样迅速倒退。准确地说，这根本算不上是什么"景色"，只是几棵营养不良的小树苗稀稀拉拉地散落在路旁，像是有人把嘴里的葡萄籽儿随意一吐，那种子便生根发芽、破土而出，或许它们也想像童话里的种子一样，不顾他人的流言蜚语，最终长成参天大树，但是种子不会说话，没有了必不可少的打击，主人公怎么能轻易成功呢？

　　公交车走走停停，缓慢移动。红绿灯太多了，她跟着计时牌默默倒数，红光印在瞳孔里，像火苗一样在她眼里跳跃着燃烧着，烧得她眼睛疼。她闭上眼睛，眼底那抹焰色瞬间熄灭。她将塑料瓶里最后一口水一饮而尽。

　　"师傅，怎么这么久了还不动啊！"有人不耐烦地问。

　　"前面好像出车祸了。"

　　"啧！"

　　车上的人七嘴八舌起来，她紧闭双眼。

　　她想起之前看到的公交车坠江的新闻，听说车上还有跟她一样的学生，她心疼得流下泪来，仿佛去世的每一个人都是她的友人。或者，是她自己。

她不止一次地想过死亡，从很小的时候开始。先是想人为什么会死，死后是怎样的，真的会有天堂、地狱吗？这么说来，死亡可能是她世界观形成过程中的第一个"启蒙老师"。然后她便想怎么死，她从电视上学到很多种死法，比妈妈会做的菜式还要多。最后想着想着就想到了自杀。可是她怕疼，她看别人打针都觉着疼，仿佛那针扎在她身上，尽管下一个确实就轮到她了。有一段时间她总是想着自杀，想着哪种自杀方式不那么疼。死也可以优雅一点。她看电视上演的，女主人公服用大量安眠药好像可以没有感觉地死去，只是脸色煞白，有一种冷艳的美。于是她跑到药店说给妈妈买，可药店老板非要家长亲自来。有一次她实在受不了了，拿头撞墙，狠狠地撞了两下，可真疼啊，但什么也没有发生，没有流血，也没有晕倒，是在妈妈问起头上为什么青了一块时说是不小心摔倒了，结果被戳着脑袋骂：你怎么这么不小心，怎么不摔死你！她顿时觉得心里比撞墙还疼。

车祸似乎是个不错的选择，虽然也会疼，应该只是一瞬间的吧。她每次坐爸爸的车，爸爸一边骂娘一边超过一辆辆搅拌机轰鸣的泥头车，好几次险些撞上。她想，死的时候，爸爸会不会像电视里演的那样用身体护住自己呢？抑或是两人都成一摊肉酱。

公交车终于动了，路过"车祸现场"时，有两个大汉在掐架，几个交警在劝阻，还有一群看热闹的人。只是轻微的剐蹭啊，她不免感到有些失望，随即又为自己为什么会有这种念头感到惊讶和羞耻。

她不知道要去哪里，只是随便上了一辆车牌有自己喜欢数字的车，挑了靠窗的位子坐下，看着车上的人越来越多，又越来越少。她想，这算是流浪吗？可是还没有出小镇。她不知道，她只想逃离，逃离争吵不断的家，逃离对自己成绩一直叹气的爸爸和一直骂骂咧咧的妈妈。她之前以为考了大学就能远离这些了，可她太笨了，怎么学都学不好，以她的成绩应该只能去打工了，或者随便嫁个人，生几个孩子，一辈子就这么随便地过了。她不想这样，过这种生活不如让她现在就死。

她初中的时候喜欢看《新概念作文》，上面矫揉造作、不知所云的文字让那时的她很是喜欢。她看上面写的什么高中校园里的青春爱恋，还有什么高考之后的彻夜狂欢，全都是屁，她想，她什么也没有经历，没有恋爱，高考之后也没有狂欢，她本来只想好好睡一觉，但是家里太吵了，爸妈也不允许她睡觉，因为高考让她闲了这么久，现在高考完了，她得帮忙做事。所以她上了车。

她害怕自己会变成像父母那样的人，为了屁大点儿事能把整个家掀翻，她努力地不去想那些丑恶的言语和嘴脸，可它们还是一股脑地钻进脑袋里。她经常能看到妈妈胳膊上、腿上青一块紫一块的，她在新闻里知道了一个词叫家暴，这就是吧。既然这样，为什么还不离婚呢？她搞不懂。哦，在她很小的时候，父母是差点儿离过一次的，在调解员的劝导下又没离成，她讨厌那个调解员，为什么要强人所难呢？为什么硬要把两个形同陌路的人捆在一起？为什么把"宁拆十座庙，不拆一桩婚"当作善举？她虽然不懂什么是爱，但她至少知道，和自己不喜欢的人待在一起是不舒服的，就像她和那个故意把她的文具盒推到地上还瞪她一眼的同桌坐一起时，总想着快点儿换座位是一样的感觉吧。但同时她也有点儿感谢调解员，让她有了几天的安稳日子，虽然没过多久父母又吵得昏天黑地了。实际上，她并不可怜妈妈，她觉得那是她活该，她每天回家被妈妈指着鼻子骂到也有想打人的冲动了，更不要说一天二十四小时都被吼的爸爸。她还记得有一次，妈妈又在阳台上骂爸爸，爸爸竟像骂街的泼妇一样尖叫着挥动双拳打妈妈，不，更准确点儿说，像一只被激怒的"吱吱"叫的猴子，张牙舞爪，面目可憎，同时又滑稽可怜。父母在阳台上闹得不可开交，她躲在房间里笑出了声。

她在学校里有一个要好的女同学，她把这件事告诉了那个所谓的闺蜜，第二天便招致班上女生嫌弃的眼神和男生轻薄的谩骂，那个女同学更是在全班面前嘲笑了她。她还记得，当时那个女生站在讲台上，皱着眉，满脸嫌弃地看着她，仿佛沾染上了什么晦气的东西，用不同以往的冷冰冰的语气说："你真恶心。"至此她成了班级里的边缘人。

其实这都没什么，她本就不擅长交际，孤立什么的都无所谓。

天色渐暗，车上也没几个人了。太阳是什么时候落的呢，人是什么时候走的呢？她像是在做梦一样。高考这两天也像梦一般过去了，她的高中时代就此结束，但她还活在梦里，似乎这班车还是去学校的车，她只是请了假，去得晚了些。尽管她在学校里被排挤，可她还是想回去。

她想起了以前还有朋友的日子，她似乎也跟着班上的人孤立过一个女生。那是一个同宿舍的胖胖的女生，起初大家都还相处得挺融洽，直到有一天说话比较有分量的宿舍长因为她睡觉打呼噜在背后骂了她一句，大家随声附和了几声，之后事情便一发不可收拾，那个胖女生无论做什么都会被骂，由起初含沙射影、指桑骂槐，到后来直接恶语相向。不久那个女生便换了宿舍，但新宿舍排外，更不喜欢她，她便央求宿舍长，能不能再换回来。她还记得当时自己嘴快说了一句"在哪儿都挨骂，你得想想是不是自己的问题"，那女生哑口无言，而她则像是最佳辩手一样，得到了大家的一致赞赏。现在想来真是可耻，所以她也理所应当地遭到了报应。被孤立后的一天晚上，因为重感冒，她拖着鼻音小心翼翼地问能不能把空调温度调高一点儿，还是宿舍长，坐在上铺，居高临下地看着她说："凭什么？你以为宿舍就你一个人吗？"她不作声，只能默默地把自己整个人都蜷缩进被子里。但是第二天的班级新闻却变成了她不顾宿舍其他人的感受，半夜起来把空调关了，感冒发烧是她自己作的。她不怪任何人，因为她也曾是她们中的一员，她能理解。她们中有的是压力太大，想找一个宣泄口，于是随便找个被讨厌的人语言霸凌一下，不会造成任何外部具象的伤害，自己也爽了，何乐而不为；有的只是随波逐流，觉得跟着踩一脚也没什么，毕竟，落井下石这种事情，不正是人们最擅长的嘛；还有一些人熟视无睹，成为沉默的帮凶。

终点站到了，她听着广播里一直用好听的话变着法子催人下车的甜美女声，不情愿地挪动身体，跟着下车抽烟的司机一起出了车门。

她摁亮手机，20：46，有五个未接来电，爸爸两个，妈妈三个。她把手机调成静音，所以没听到，而且，就算听见了她也不会接。

她在高考前听说有个孩子因为压力太大离家出走了，他爸妈急得要死，报了警，当时全校轰动，因为警察还来学校排查了。

但没几天那男生便回来了，原来只是出去痛快地玩了几天，之后他爸妈便像供着宝贝一样供着他。她也想这样，可她不敢，她不知道回来后是关切的询问，还是劈头盖脸的一顿痛打。后者的可能性更大吧，她想。

天已经完全黑了下来，街上人潮涌动。小摊贩们也都开始张罗起来，吆喝叫卖声不绝如缕。她闭眼感受着这烟火气息，直到一阵摩托车的鸣笛声将她惊醒。

"神经病啊！站路中间！小心被车撞死！"那油光满面的车主把脚一踩，车胎瞬间瘪了下去，摩托车哀号着刹住了。

她笑着避让开来，说了声"谢谢"。摩托车主一副"莫名其妙"的表情回头瞪了她一眼，随即扬长而去。

她也觉得莫名其妙。谢谢他什么呢？谢谢他刹住了车没撞到自己，还是谢谢他"提醒"她"注意安全"？

炭烤的香味飘过来，火锅店、烧烤店里的音响开到了最大，揽客声和烂俗情歌夹杂在一起，如鞭炮一般在她耳边炸开，让她不禁皱眉，捂耳疾速跑过。不知店员看到会不会瞪她呢。她上次在街上走着，一个阿姨死拖着她，让她去她店里做什么免费的面部护理，她想起新闻上报道的，有的发传单的把人拉去店里，轻则宰一笔，恐怖点儿的会把你的器官卖掉，她打了个寒噤，连忙挣脱说不要，结果那人竟推了她一把，白了她一眼说："不要就不要咯，搞得像什么似的。"她赶紧跑开，不知应不应该感到庆幸。

大排档的桌子已经摆到外面的人行道上了，她听着食客们"呼噜呼噜"的扒饭声、"吸溜吸溜"的嗍粉声，还有吧唧嘴的声音，不觉有些饿了。但她不能吃，她匆匆忙忙拿了手机就跑出来了，根本没多少钱。

看来今晚得睡大街了，不知道会不会有城管来查。她记得之前去学校的有段路上，总是有三四个流浪汉睡在街边，铺一张破草席，盖着不知道从哪儿捡来的被子，上面的泥垢已经结成痂，整床被子都变得硬邦邦的。冬天应该会很冷吧，她想。可还没等到冬天他们就被送去了救助站，其间还有两个回来过一次，不过第二天又被带走了。为什么要回来呢？救助站有吃有喝还有睡的地方，不比大街上好多了吗？

她还在漫无目的地走着，这里离家大概挺远的了，眼前陌生的道路让她感到不安，但她不想回去。或许她可以先去小餐馆里当个洗碗工，等攒够了钱再去更远的地方。这下真成流浪汉了，她笑了。

又随便跟着人群摸进一个商场里逛了几圈，吹了一个小时的空调，直到觉得有点儿冷了，她才从商场里出来。

22：13。她实在不知道要去哪儿，而且也有些困了，于是再一次跟着稀稀拉拉的人群混进一个小公园。已经很晚了，公园里没什么人，她随便找了个石凳，用手拍了拍上面的脚印便躺下了。

她好困好困，一躺下就睡着了，还做了个奇怪的梦，梦里她回到家，爸妈已经睡了，似乎根本没注意到她离家出走，她躺在床上没多久爸爸把她叫醒，说要送她去上学，车开得很慢，半路上她发现书包没拿，可已经要迟到了，她急得直跺脚，一眨眼却又到了学校，同学们笑着跟她打招呼。她想，这一定是梦，梦里的她很清楚自己是在做梦，这怎么可能呢？

而事实也证明了这一点。她正梦到自己在食堂吃饭，背后有人拍她，她一转头就醒了，因为确实有人拍她。是一个夜跑的大叔，穿着白色工字背心和荧光绿的短裤，脖子上搭了条毛巾，正弯腰看着她。她赶紧坐起来。

"小姑娘，怎么在这儿睡觉啊？这么晚了还不回家？"大叔看上去挺面善，但她还是猝地站起来，扯了句谎说在等爸妈不小心睡着了，然后逃也似的离开了。

看来公园也是待不了，她该去哪儿呢？胳膊上好几个包，应该是刚刚睡觉时被蚊子咬的，她在凸起的肿包上画着十字，指甲深深地嵌进肉里，好像要把肉抠下来，她喜欢这种疼痛带来的快感。蚊虫声在她耳边响起，她挥舞着双手驱赶。

她好想安安稳稳地睡一觉，但她没钱住酒店。回家吗？她动摇了。可她才离家出走了几个小时就回去，未免也太尴尬了。这样连她都看不起自己了。至少也得有个人劝说她一下，像小说里通常都会写到的：主人公流落街头，遇到了好心人，好心人跟他讲自己的故事，开导他，主人公最后解开心结，与家人团聚，抱头痛哭，画面何等祥和，其乐融融。可现实与心里想的总是相差太大，她依然什么都没遇到。

她犹豫着，徘徊着，最终困意战胜了面子，她决定回家。

23：28。公交车已经停运了，她狠下心，用手机里最后一点钱叫了出租车。车停在家门口的小巷子前，巷子太窄了，车根本进不去。

她下了车，走在昏黄路灯照亮的巷子里，水泥路面上全是两侧居民楼上倒下来的脏水，顺着堵塞的下水道缓缓地流，已经腐烂了的菜叶堆在一旁，发出阵阵酸臭味，几只老鼠神色慌张地在上面跑来跑去。这是她闻了十多年的味道，竟已经生出一种亲切感。居民楼上没有几家灯还亮着，爸妈应该也睡了吧，这样也好，不用一回去就挨骂，至少还能安静地睡一个晚上。

她上了楼，楼道里的感应灯早就坏了，她在黑暗中摸索着爬到六楼，钥匙在门口鞋架上爸爸烂了底的皮鞋里，因为她老是弄丢钥匙，妈妈一边骂她没脑子，一边在她面前把钥匙藏在鞋里，又狠狠地拍她脑袋让她长点儿记性。她记住了。

她开门时看见底下的门缝里透漏出光亮，她心想完了，又得被骂一通才能睡了。她尽量轻轻地把钥匙插进外面一道铁门的锁孔里，但还是发出了"咔咔"的声响，以及铁门打开时"吱呀吱呀"的叫唤，活像一个在病床上苟延残喘的老人。当她正准备开里面的木门时，只听"啪"的一声，门底缝的灯光灭了，还有一串急促的渐行渐远的脚步声。她心里猛地一震，直逼得她掉下泪来。

她笑了，推开木门。父母已经睡了。

名门望族

大雁成群结队呼啦啦地往南飞，金艳和徐风跟随最后一批雁阵来到了广东。他们发现，广东并不像人们所说的那样遍地黄金，到处都是南来北往的打工人才是真的。出门打工说不上好，也说不上不好，家里有份稳定职业的自然不愿意出门打工，只有那些没有出路的人才会出门谋生计。金艳和徐风对出门打工是非常排斥的，去从事自己内心排斥的事情是很无奈的。

徐风不愿进厂，怎么说也教了那么多年的书，继续从事这个职业当然是最好的，他开始往一所所学校里跑。有一所民办学校招聘老师，他满怀希望地跑过去，结果人家嫌他没有教师资格证，连试课的机会也不给他。徐风又气又恼，他哪里知道资格证这么重要呀，在老家时也没有要那玩意儿呀。可怜的徐风不知道，他能在老家当上民办老师，全仰仗祖辈的名望，加上他是村里为数不多的高中生，当然能在村小当代课老师了。现在高中生算个啥哟，出来打工的哪一个不是高中生，大学生都多得很呢。

金艳的情况也没有好到哪里去。金艳去了好几个工厂，人家都嫌她年龄大又没有文化，让她干清洁工，她嫌丢面子，死活不愿意。金艳失落地走在路上，她希望徐风能有个好消息。

金艳看到徐风坐在公园的石凳上，耷拉着脑袋，她内心已经感觉到情况不是很好。她走过去一屁股坐下来，弱弱地问："你找到工作没？"徐风没有应。金艳拍拍他。徐风抬头瞪了她一眼："别烦我！"过了好一会儿，金艳才轻声说："没事儿，你有文化，有经验，一定能找到工作的。"她越说越小声，越说越苦涩，直到最后变成了呢喃细语。

徐风看见金艳别过头，身子微微颤抖着。他轻轻拍拍她的背，有点后悔自己刚才那样对她说话，她其实比他更难受呢。

"要不我们去吃饭吧？"

"照这样下去，我们十天半个月可能都找不到工作，钱还是省着点用。"

"哎，我们要有信心。"

"嗯。"

"那你饿不饿？"

"不饿。你呢？"

"我也不饿。"

"那我们喝点水吧。"

"好。"

徐风拿起那个出门前带来的大可乐瓶子，里面还有大半瓶他灌的自来水。他仰起头咕嘟咕嘟地喝着。冷冽的水带着浓浓的消毒粉的味道，与老家的山泉水差太远了，徐风想。几滴水顺着嘴角流到脖颈处，又立马被上衣给吸掉了。金艳舔了舔干枯的嘴唇，看着徐风，徐风的嘴正含着可乐瓶子，阳光透过瓶子里的水，折射出绚丽多彩滑入她的眼里。

村里人说金艳的曾祖父是清朝的一位贝勒爷，为了躲避革命党人的追杀，隐姓埋名来到了这个小村子。也不知道真假，反正村里人都这么说。金艳的户口本上写着汉族，但她却坚信这个传说是真的。金艳问过父亲，父亲板着脸说村里人胡说，但父亲和爷爷都被批斗过却是事实。这样一来，金艳就更加坚信自己本是一位高贵的格格，只是命运多舛，让她沦落乡间，虽然所有的浮华都已烟消云散，但她身上仍流淌着优良的贵族血液，自是与那些农村妇女有所不同，便整日里顾影自怜，哀叹命运的不公。好在她的家业不算太差，她可以穿上父亲从城里买回的时兴衣服，洋气得真像个大小姐似的。于是，面对那群追求她的粗犷农夫，她从不正眼看他们。终于到了金艳不得不出嫁的年龄，她才从这群农夫中挑选出一个教书先生。徐风是村小的代课老师，和金艳相似的是，徐风声称自己的曾祖父是一位举人，因参加"公车上书"，所以才落难在此，因为他曾祖父的强大基因，他们一家四代都是这个村子里的教书先生，家境虽比不上金艳家，但也比那群农夫要殷实得多。于是他们两家便结成连理，成为村中最让人羡慕的家庭。几年后，金艳的父亲在一个安静的夜晚突发疾病猝死了。金艳只好把母亲接到徐风家住，日后两人争吵不断，仅靠三个儿子来维系易碎的婚姻。

　　日子就这么不咸不淡地过着。自从个体户庞中华家盖上了两层小洋楼后，村里的有钱人便纷纷效仿，楼房像雨后春笋嗖嗖地蹿出来。那高出自己家一大截的楼房刺痛了金艳的眼睛，就像一个高你一头的人正低头冲着你笑一样，虽然没有说你个子矮，但那里面的意味已然十分浓烈了。于是，在盖楼这件事上争吵不断的两人达成了共识，夫妻俩商量来商量去，想着自己曾经也是名门望族，说什么也不能弱于别人，要盖就盖个三层楼的。三个儿子将来一人一层。金波住一楼，金涛住二楼，金平住三楼。金艳把自己的计划说与徐风听，夫妻俩会心地笑了。

盖楼的第一步是要划宅基地，这把两人给难住了。本来他们家三个儿子理所当然应该划宅基地的，但是徐金波才十六岁，没有十八岁是不能划宅基地的，现在村子里孩子呼啦成人了一大片，宅基地紧俏着呢。金艳愁得脸都皱在一起了。

徐风说："咱们去找找三胖吧，他不是跟你家还能扯上点关系吗？"

"他妈是我们老金家的，论辈分我喊他妈'姑'，我和他也算是姑舅老表。可是，我们两家没有走动，人家不一定会给这个面子。"金艳有些犹疑。

"三胖一家贪得很，到时我们送点东西去，这宅基地的事不就解决了。"徐风的右手背拍着左手心，发出清脆的"啪啪"声，然后又两手摊开。徐风很喜欢做这个动作，好像做完这个动作，所有的问题就都迎刃而解了，他上课时也经常一边拍手一边对学生们说："呐，是不是呀，是不是呀，这样答案不就出来了嘛。"

"嗯。"金艳若有所思地点点头。

天一擦黑，人们都躲进了屋里，村子寂静下来，像吃了安眠药沉沉入睡。走在无人的路上，金艳的心仍止不住怦怦直跳。她左顾右盼，看到的只是点点灯光，她仍紧张地压低声音问身后的人："这么晚了，你说队长一家会不会睡了呢？"

"哪能呢，肯定还在看电视。"徐风说。

"这倒也是，那会不会有人在他家看电视呢？"金艳的神经绷得像一根拧紧的弦，似乎一碰就断。

"你又不是不知道三胖老婆那个人，说话像炸药，谁敢在他家看电视。"徐风有些不耐烦了。

"那……"金艳刚想说些什么就被徐风给打断了："哎，我说，你别那么神经兮兮的好不好。"

金艳闭上嘴，默默地低头看路，不时小心翼翼地环顾四周，有时从路边草丛中突然蹦出的一只蛤蟆都能把她吓得一个趔趄，不过她用手捂住了嘴，防止发出声来。

站在三胖家的小洋楼前，一种强烈的自卑感更坚定了他们盖楼房的决心。只有我们这样显赫的家世才配得上住这样的洋楼。金艳鼓起勇气，敲了敲漆成大红色的铁门，发出一阵咣当声，没有人应。金艳握紧拳头准备擂，想想还是决定用手指敲，只是用了很大的力，手指关节有一点痛。铁门又发出一阵咣当声，仍然没有人应。

"可能不在吧。"金艳转过身对徐风说。

徐风放下箱子，把眼睛放在门缝处往里瞧。"有人，一楼有光，还有电视的声音。"

金艳屏住呼吸，侧耳细听，果然能听到一阵清晰的笑声，但那笑声不是三胖发出的，也不是三胖老婆发出的，金艳知道这笑声只有电视里的大侠们才会发出。这时门开了，泄露出来一片光亮，一个人走了出来，不客气地问道："谁呀？这么晚了。"好像是责怪你来得不是时候。

金艳应道："是我，嫂子。"

三胖老婆走到铁门边，并没有打开门的意思，而是从门缝里仔细打量着门外的人，她看到了金艳手里的红色袋子和地上的那一箱酒，脸上立即堆起了笑容："是艳子呀。"然后打开了一扇门，金艳两口子是侧着身子进来的，三胖老婆立即又关上了铁门。

他们跟在三胖老婆身后。三胖家的院坝也是水泥糊的，走在上面让金艳觉得很踏实。刚走进屋，房间里的灯光晃得金艳眼花，一台四十英寸的液晶彩电正放着一个小孩子在地上打滚，地上的青草清晰可见，那是一个洗衣粉的广告。这也太伤自尊了，看了这彩电，金艳立即觉得家里的电视太小了，那还是她结婚时买的长虹电视，笨重的样子连小偷都不要。她张大了嘴巴，哇，你家的电视这么清楚。金艳意识到自己的失态，连忙不好意思地看向别处。

房间里摆放着两个皮沙发，还有一个长一点的布沙发，围成一个L形，中间摆着一个红木茶几，上面放着水果和透明的玻璃茶杯。三胖笑眯眯地招呼金艳他们坐下。金艳很小心地坐下，但屁股还是一弹，很舒服的感觉。

三胖像是刚认出来金艳似的，说："哟，是金艳呀，你可是个稀客哟！"

金艳有点不自在了，结巴着说："以前忙，一直说来你家坐坐都没时间，这不田里的活也干得差不多了，我就让徐风陪着我过来了嘛。"金艳故意又把四周打量一番说，"你看看，你家真是气派着呢，真跟皇宫一样。"说这话时，金艳有些感伤，她命里是应该住皇宫的。

金艳接着说："如果哪天我家也能像你家这样，我这辈子也就够了。可惜呀，只怪自己的肚子不争气，一口气生了三个'和尚'，现在连住的窝都没有。"

徐风对金艳这么快就转移话题赞叹不已。

三胖说："金艳，论起来我们还是亲戚关系，我记得我们小时候还来往过，后来也不知道什么原因没有走动了，不过没关系，这份亲还在嘛。你今天来是不是有什么事？直接说吧。"

金艳立即眼圈就红了，泪眼婆娑地说："哎呀，我都不好意思向你张口，这不是被逼到这个份儿上，我是真不好意思张嘴的。"

三胖老婆在一旁插话说："艳子，你这就见外了不是，再怎么说也是亲戚，有啥话你就说吧，只要我们能帮上的一定会帮。"

金艳望着三胖说："这不，你也知道我们家的情况，三个儿子，老大金波都十六岁了，明年初中一毕业就可以找人说媳妇了，可是现在一大家子窝在三间小房子里，想给他建一处新房子，到时找对象时也好找一些。总不能真让他三兄弟当和尚吧。"

三胖老婆同情地说："可不是嘛，你家那三个'和尚'，一个挨一个，我看你两口子真是够呛。"

金艳又说："今儿过来，主要是想找队长帮忙，看能不能帮我家金波在路边划一块宅基地。"

三胖面有难色地说："现在村子里的人都想把房子建到路边，可是路边都是农田，上面是不准再占用农田的，再说你家金波还没有十八岁，现在划，我担心其他村民会有意见。"

金艳说："你也知道，金波今年十六，金涛十四，金平十二，是一个挨一个，现在说媳妇都是看房子，你家没有房子，谁家的姑娘愿意嫁过来。"金艳说着给徐风递了一个眼色，徐风忙把那一箱"霸王醉"往三胖面前推了推，箱子上面是那个红色的袋子，里面装了两条"软中华"。

三胖看都没看一眼，为难地说："哎呀，大家乡里乡亲的，我们又是亲戚，我本来就该帮你们的。只是，你们也不是不知道，城建所查得严，如果让人投诉了，肯定是吃不了兜着走。"说着叹了一口气，又摇摇头，好像是金艳给他出了一个大难题。

徐风早有准备，从裤兜里掏出一沓叠得很方正的报纸，塞给三胖，三胖推了半天，接住后放在了茶几上，报纸缓缓地伸展开，露出厚厚的一沓钱。三胖老婆一把把钱连报纸都拿了过去，生气地说："唉，我说三胖子，人家艳子轻易不求人，现在放下面子过来求你帮个忙，你还推三阻四的。"

三胖叹了一口气，无可奈何地说："那我就冒这个险帮帮你们，你们等我消息，帮不了可不要怪我哟。"

徐风和金艳异口同声地说："不会不会，谢还来不及呢。"说完两人又对视了一眼，像是提前彩排过一样。

三天后，三胖骑着五羊摩托满面春风地过来了，他小声说："宅基地的事搞好了，就在路边第三家，队里只划了三家，你们可不能到处去说，就算有人问起来，你们就说是找了县里的领导特批的，这样他们就没话说了。"

徐风握紧三胖的手，连声说："谢谢，队长可是帮了我们大忙。"

三胖费力地抽出被徐风捏得通红的手，皱着眉说："哎哟，你们都不知道有多难搞，我找了乡里的王书记，软磨硬泡地缠了他好几天，他才松了口，不是他发话，城建所的人是不会批的。"边说边用他肥嘟嘟的手去摸他厚厚的嘴唇。

金艳当然知道三胖的意思，立马留三胖在家里吃饭。三胖没有客气，随徐风进了屋。金艳则去抓鸡。院子里传来鸡的惨叫。吃完饭，送走三胖后，金艳又发起了愁，宅基地是批下来了，可是盖楼也需要钱呀，没有十万块是建不起三层楼的，还不加上装修。

为了这十万块钱，徐风预支了半年的工资，金艳妈把私下藏的金镯子也卖了，还背着他们把自己的大金牙都拔掉卖了。家里值钱的东西全都变卖了，也才凑了四万块。徐风说只有借钱了。

"你去找谁借呀？"

"我找我表弟借。"

"你表弟？能借到吗？"金艳一脸狐疑，在她印象里，徐风的表弟陈富家跟他们家好像并没有太多交集，只有春节才会被动地你来我往。纯粹走亲戚而已。

"肯定能！"徐风很自信地说，"你别看我们平时没啥联系，真有困难了，找他他必须帮，我家对他是有恩的，他一辈子也报答不完。"

的确，徐家是陈富的恩人。当年陈富的父母因病去世，陈家人像躲瘟疫一样，就连走路也要绕开陈富家。是徐风的父母伸出了援手，他们像对自己的亲生儿子一样把陈富拉扯大，直到陈富成家立业。在徐风眼里，父母待陈富甚至比待他还要好。就冲这十几年的养育之恩，他陈富能不借钱？

金艳说："那我不跟你一起去了，你两兄弟私下里也好开口一些。"

徐风犹豫了一会儿，对金艳说："你还是一起去吧。"徐风好像还有话没有说完。有些话不需要说完其实也懂。

夫妻俩来到了陈富家。陈富和他老婆阿芳还是很热情的，迎上来，招呼坐下，泡茶。陈富问："风哥，你是好久没来我家了，中午咱哥俩一定要好好喝几杯。"阿芳很敏锐地感觉到徐风两口子是无事不登三宝殿，问道："哥嫂子过来是有啥事吧？"

徐风与金艳对视了一眼，转过头来说："我就直接说了吧。"

陈富爽快地说："风哥，看，到我这里来了你有啥客气的，有事你尽管开口。"

徐风很满意陈富说的话，照这样发展下去，借到钱是妥妥的事儿了。徐风说："金波不是也大了嘛，眼看着就要说媳妇了，但你也知道，咱一家六口都挤在那三间小瓦房里，有哪个女娃子愿意嫁过来。我想给金波盖个新房子，宅基地的事已经找三胖子解决了，就差建房子了，我一时也拿不出那么多钱，这不，过来就是想找你帮忙借点。"话说到这儿，徐风心里开始不安起来，他偷偷观察陈富两口子的变化。

"建房子是好事呀，风哥，你还差多少，要借多少？"陈富不假思索地问。

"也没有差多少了，还差个五六万块钱，你借我三万，其他的我再找别人想办法。"徐风小心翼翼起来。以前可不是这样。徐风的家境看起来还是比较富裕的，加上有恩于陈富，他平时说话有一种高高在上的感觉。现在这份感觉荡然无存，他两口子为建房子这事在人前谦卑了许多。

"三万？"陈富脸上已没有刚才那么镇定了。阿芳在陪金艳小声唠嗑，耳朵却一直听着徐风与陈富的对话。她脸上挂不住了，一口回绝了："什么？三万！没有没有，如果是两千三千的，我还能帮你家凑凑，这三万可不是小数。"

金艳很亲热地挽住陈芳的胳膊说："大妹子，你先别急，你看吧，这几年你家里也没有什么事，也不急着用钱，你先把钱借给我，到你家要用钱时，我肯定还给你，不会耽误你的事。"

陈富倒没有说话了，低头抽烟，阿芳却把口子扎得紧紧的，任凭金艳怎么说就是不松口。金艳说："大妹子，你也不是不知道我家的情况，三个'和尚'一个挨一个，像庄稼一样说起来就起来了，没有新房子真是要打光棍的，你做婶的愿意看到？"

阿芳有些急了，说："嫂子，不是我说话难听，就是因为你家三个'和尚'，谁敢借钱给你呀，你何时还得起？"

金艳的脸唰地一下子白了。阿芳这么说是有意在气她，她说的一点都没错，换作她也会有这样的顾虑。金艳低下头，闭上眼睛，可耳边仍充斥着陈富老婆刻薄的话语。

徐风也被刺痛了，他看了看陈富，可他亲爱的表弟却把头别向一边，像是根本没注意屋里的情况，也没有感受到徐风求助的目光。这样的结果是徐风没有想到的，他又气又恼，但这时也只能压制住怒火，继续低声下气地说："这三万块钱我给你打张借条，保证在一年之内还。"

"还？你拿什么还？就你那点工资。"阿芳显然没有意识到自己的话有多么尖酸刻薄，或者说她意识到了，但她就是如鲠在喉，不吐不快，全然不顾金艳能不能接受。

徐风看了看金艳，发现她脸上淌着泪水。他心里不是滋味，转过头正对上陈富的目光，盯得陈富心里发毛。陈富匆忙移开视线，干咳两声，对他媳妇说："行了，别说了。"

阿芳看了金艳一眼，叹了口气，软了口气说："嫂子，不是我不借你，只是我家一时也拿不出这么多钱，你若急着用的话，我给你拿一万，你先拿去用。"说完走进了房间，听到她数钱的哗哗声。

金艳接过阿芳递来的钱，抹了抹眼泪说："我就知道大妹子你心肠最好了，你放心，等明年收完油菜籽我一定还你。"

金艳怀揣着这借来的第一笔钱，顿时对明天充满了希望，心里盘算着该继续向谁借钱呢。

第二天，金艳开始穿梭于金家的亲戚间，徐风也放下教书先生的架子，跟着金艳去向亲戚朋友借钱，这个一万那个五千，有的一千，东拼西凑才凑了四万块。徐风和金艳扳着指头数，能借的亲戚朋友都借了，好像一个也没有漏。

徐风咬咬牙说："贷款！"

金艳咬咬牙说："贷款！"

第二天，他们去信用社里贷了两万块钱。徐风使劲按上手印时，心里挺不是滋味，仿佛是签下了一份卖身契。

才是下午六点的样子，路上突然拥出了行色匆匆的人，只有他们像两尊石像一样躲在树荫下。他们想起安静的小村子，村民们在这样的时刻应该出来乘凉了，搬一把椅子，摇一把蒲扇，三五成群地围在打稻场上那棵巨大的老槐树下唠嗑，上至天文下至地理，从古到今由国内到国外，什么都可以聊。那样的日子真让人向往啊，他俩轻轻闭上眼，沉浸其中。

路灯像收到指令的士兵，一下子亮了，他俩抬起头看着这些把这个世界照得如同白昼的东西发呆。徐风迟疑半晌才说："乖乖，广东人就是有钱，这么早就亮灯了，这一晚上要浪费多少电？这电费够我们还不少账呢。"

金艳向前望去，目光穿过一盏一盏的路灯。路灯的前方是鳞次栉比的高楼，那一扇扇窗户里透出暖黄色的光，是家的颜色。可这千灯万盏，没有一盏是属于她的。她轻轻闭上眼睛，有一盏灯在闪烁，那灯光太微弱、太遥远，在一间破败的小房子里，一个老人和三个孩子守候着，等着他们……金艳仿佛看见了自己家那拔地而起的三层小洋楼，嘴角微微翘起，一脸的幸福。

房子架第三层梁时，那两千响的鞭炮震得耳膜嗡嗡响。金艳两口子很是激动和自豪，这时腰杆格外直了，还有一种高人一等的感觉。邻居们都惊讶地说："可不得了哟，人家三胖家也才建了两层，你家盖了三层，这应该是我们乡里最好的房子了。"路过的人见了也说："瞧瞧这家房子，建得真气派呀！"金艳和徐风听了，笑眯眯的，仿佛被人捧上了天，他俩很是享受。只有在夜深人静时，他们一想到还有那么多债，立刻又从天上重重地摔了下来。

那些借钱给金艳的人一来，金艳就惶恐不安，即使人家并没有提还钱的事情，她也针扎一样难受。现在一有人夸赞房子漂亮，金艳反而感到别人是在挖苦她了。房子只是一个灰不拉叽的毛坯房，没钱装修，就连门窗都没有装，那空洞的口子像是人的嘴巴，要吃人的样子。半年时间，金艳头发就白了不少。金艳越来越怕见到亲戚朋友了，一听到他们说的话，句句都像是在催她还钱。特别是阿芳已经来过好几次了，每次来总会绕着弯地说到钱的事，弄得金艳好不尴尬。

金艳说："妹子，不是说好一年还吗？你放一百二十个心，我不会赖你账的。"

阿芳说："我不是这个意思，只是……只是成儿的女朋友那边催着结婚，现在就得准备彩礼钱了，你这个做表伯母的，也希望他结婚办得风风光光的吧。"

阿芳说话的语气让人痛恨。金艳心里难受极了，强颜欢笑地说："妹子，你放心，误不了你家的大事，你过几天来拿钱吧。"阿芳听了并没有走的意思，她屁股好似黏上了椅子，抬都不抬一下，反而跷起了二郎腿，缓缓地抖动着，也不说话了，东瞧瞧西看看，像是第一次来金艳家，对金艳家的这三间瓦房既陌生又稀奇。金艳万万没有想到阿芳竟是这样的人，人已经堵在了家门口了，她只得去学校找徐风。徐风把全校老师都借了个遍，才凑了五千块钱。徐风和金艳一直躲在学校里，等到天色已经黑透了才敢回去。

阿芳走了，听金涛、金平说，阿芳婶子走时很生气。金艳无力地靠在门框上，眼泪又流了下来。

徐风觉得这样下去不是办法，就他那一个月几百块钱的工资，想还清借的钱真不知要等到猴年马月。徐风跟金艳说："要不，咱们去广东打工吧。"金艳一听来了精神，她觉得出了门就能躲避那些债主了，说不定到了广东就能挣到大钱了，忙说："好呀好呀，我这几天都在寻思这个事呢。"

金艳和徐风靠在一起睡着了，怀里紧紧地抱着那红白相间的塑料布包裹。金艳梦见了自己还是儿时那个骄傲的大小姐，不，是格格，她头戴凤冠，身披彩衣，身边还有一群丫鬟伺候着。突然阿芳过来了，阿芳牙齿很长，而且还在不停地长长，越来越长，而后又来了一群很熟悉的人，都是那些亲戚朋友，他们每个都是嚣张的神色，丑恶的嘴脸，对着金艳大声地说："还我钱来，还我钱来，再不还钱就拆掉你的房子。"

"不要拆我的房子！"金艳喊出了声，把徐风给吓醒了。

这时，天已透亮。

徐风低头一看，包还在，他们脚下有几个硬币。"呵呵，我们现在这个样子像乞丐了吗？"徐风苦笑。金艳倒不在乎，赶紧把地上的钱捡起来，笑着说："广东真是个遍地是钱的好地方！"

两人去臭气熏天的公厕里洗了一把脸，冰凌凌的水滑过脸皮，人顿时有了精神。金艳用别人施舍的两个硬币在路边小摊买了四个热气腾腾的馒头，和徐风一起就着水吃。烫烫的馒头在嘴里容不得嚼得太烂就已经下了喉咙。金艳觉得外面的馒头比家里的好吃，只是分量太小，根本不够塞牙缝。金艳没有跟徐风说，还故意打了一个很响的嗝，很享受地抚摩了几下肚子，一副很饱的样子。

徐风和金艳又出发了。

徐风跑了好几所学校，都说他没有教师资格证，连面试的机会都不给他，他就像一件三无产品被人踢来踢去。

一个星期了，徐风仍然没有找到工作。金艳也是。金艳主要是拉不下那个脸，干清洁工不是把祖宗的脸面都给丢尽了。

天气渐渐转凉，以前还能看到几个流浪汉在公园里转悠，现在一下子全都消失了，也不知道他们去了哪里，这让他们备感孤单。晚上，睡在公园冷冰冰、硬邦邦的石凳上，牙齿会忍不住打战。身上的钱快要用光了，这样下去终究不是个办法，冬天快要来了，到时候他们仍找不到工作的话，只有两条路可走，要么打道回府，要么被饿死冻死。回去是不可能的了。

徐风想了半天才说："这样下去不行，总得先找份工作把吃住解决了吧。"

金艳看着他，接着说："嗯，不管是什么工作，只要有钱赚，再苦再累我也不怕。"金艳说完像卸下了重负，她看着徐风，徐风脸上洋溢着久违的喜悦。

第二天一早，徐风和金艳又出发了，步履比往日里轻快了许多。徐风不再去应聘什么狗屁老师了，他想面子没有肚子重要，他俩一起往工地走去，看看那里有没有招人。

遗 梦

1

"好久不见。"

"你是谁？"

他忘了，他又忘了。明明对方已不记得，也不可能记得他
了，他到底在苦苦寻找着什么，又在等待些什么呢？

所有事物都在变化，下一次见面，对面的人又会以何种身份
与他相见呢？

这世间已经不需要他，对方应该也不需要了，他是否还有存
在的意义？

他想要像常人一样消亡，但他不能，这是老天对他的赏赐，
也是惩罚。

"不过，如果不介意的话，进来坐坐吧，陪我这个一无所有
的糟老头子聊会儿吧。"

他抬头，望向对面苍老浑浊的双眼："好。"

"我看你面熟，我们是不是见过？"

他眼里闪过一丝惊愕。

"哈哈，可能是我老糊涂了，见谁都像他。"

"他是谁？"

"呵呵，说出来你可能不信，我能梦见以前的事。我是说，从古至今的事。我有时在战国行军，有时在宋朝称霸，大家都说我疯了，哼，我才没疯呢！不过奇妙的是，每次梦里都有一个人一直存在着，他不老不死，不生不灭，像是神仙似的。我把他画了下来，我带你看看。"

老人领着他来到画室，一幅巨大的画像挂在墙上。画上的人身着白袍，长发飘然，真如仙人一般遗世独立。那正是他啊！

"嗯，果真与你有些像呢。"老人睁大双眼仔细打量他，"哎呀，我老眼昏花，怎么能说你像一位先人呢，真是疯了。"

"不，您没有疯！"他有些粗鲁地打断老人，对方愣了一下，"我是说，我相信你，你梦到的一定都是真的。不管是梦是真，它们都存在着，在你未曾去过的地方上演。"

"哈哈哈，谢谢你。"老人眯着眼笑。他心头一颤。

"老先生，我要走了，改日再访。"他不想在这儿多待一刻。看见那人那画，他便心如刀绞，如鲠在喉。

"好。我送你出去。"

门外，他拱手拜别，老人笑而不语，也学他拱手而拜，他才方知自己犯了大错，但老人似乎并不介怀。

"那么，老先生，有缘再会。"

"好啊，下辈子吧，你可要快点找到我啊。"老人看着他离去的背影喃喃道。

他听见了，猛然转头，却看见对方如枯叶般倚门滑落。他冲过去，抱住那副苍老的躯壳，对方已没了响应，只对他闭着眼微微笑。

他在春光灿烂的早晨放声大哭，像是第一次遇见他时那样。

他再一次，遇见又失去。

2

从乱尸堆中爬起，孩子张大了嘴巴呼吸，方才母亲把他紧紧抱在怀中，他安分地酣睡着，直到温暖的怀抱逐渐变得冰冷，他才挣出母亲僵硬的臂弯。环顾四周，四下皆是尸横遍野，血流成河。他推推母亲，正欲问这是怎么回事，却见母亲如刺猬般，背上插满了箭矢。孩子怔怔地看着，似乎还不知道发生了什么，呼唤母亲几次却发现再无回应，才大哭起来。

小小的躯体里竟蕴藏着气吞山河的力量，哭号声似要将这天地撕裂。

马蹄声四起，弓箭手拉满弓，却被年轻的将领厉声呵斥。

将军的战袍被鲜血染得猩红，身下战马踏过的每一寸土地皆是尸体铺成的血路。男子睥睨孩童，又看看一旁妇人的尸体，无奈叹气，单手提起孩子，置于身前的马背上，像是下达命令般地对孩子说："不许哭。"

小孩被他吓得哭得更凶了。似乎捡到个大麻烦，他揉揉眉心，这般想道。

"将军，真要将这小娃娃带回军营？"小将不解地问他。

"发现自己竟是被屠族的仇人抚养长大的，岂不是件有趣的事？"他轻轻挑眉，嘴角勾起阴冷的笑。

小将知他何意，便不再言语。

没错，他和这孩子一样，在战争中失去家园，被迫成为俘虏。那时他十岁，比这小孩大些，将领看他骨骼不错，便招入军队，将他培养成"武器"，并一路提拔，升他为副将，直至将军。

从亡国之奴变成敌国将领，这到底是幸运，还是不幸呢？

他缓缓地驾着马，面前的孩子已经哭得累了，趴在马背上睡着了。

行至军营，他在众将士诧异的眼神中，把孩子拎入帐内。

"你叫什么名字？"

孩子一睁眼，看见陌生的面孔，又哭喊着"娘亲"。

将军皱眉，捏住孩子的脸，使他只能发出呜咽声。"听好了，你娘亲死了，你若不想死，便给我安静些。"

"死？"孩子噙着泪抬眼，害怕又疑惑地看他。

他匆忙避开视线："就是再也不会给你做饭吃了，再也不会同你说话了。"

"咕噜噜"，孩子的肚子叫了起来。

他叹了口气，掏出怀里冻得僵硬的饼递给孩子，黑瘦的小手一把接过。

"名字？"

"没有名字。"

"怎会没有？"

"没有父亲，没有名字。"

他沉默地看着狼吞虎咽的孩子，心里不是滋味。

"跟着娘亲，没有饭吃，跟着你，有大饼吃。"孩子抬头冲他嘿嘿笑，他在孩子下一个字说出口前用饼堵上了他的嘴。

"延生。你的名字是延生。"延生，延续生命。那就代替亲人们好好活下去吧。将军摸摸孩子沾满泥土与血渍的头发柔声道。

"那你呢？"

"楚奕。"

"楚奕！"

"要叫我将军！"

"楚奕！"

"……"

楚奕第一次真正萌生出把这孩子丢掉的想法是在带他到操练场时。延生随他站上高台，看着底下的士兵整齐地挥动长矛，精准地射出箭矢，孩子突然想到了可怜的母亲的死状，不住地颤抖起来，接着号啕大哭。不论如何呵斥或是安慰都止不住，只好让小将把他抱到军帐中去。

第二天楚奕发现延生不见了，小将如实坦白，是他把延生带到了山上，楚奕没说话，算是默许了。

无用的棋子便该剔除。

就在楚奕担心夜晚山上会不会有狼出没的日落时分，延生携数枝桃花奔到了他面前。

"楚奕你看！"孩子满脸欢喜，像是在等待着他的夸奖。

"真好看。"他心虚地拍了拍延生的头。

"送给你！"

他接过桃枝。花瓣上打着落日的柔光，像孩子冻得红扑扑的小脸。

既然拿不了武器，那便教教他行兵策略吧。

"楚奕，春天是不是到了啊？"

是啊，春天到了呢，他似乎听到有冰融化的声音。

3

延生学东西很快。

延生很机灵，鬼点子也多。

延生很受大家宠爱。

延生……

延生确实是个好孩子。但如果有一天发现自己是被仇人养大，那会不会恨他呢？楚奕害怕那一天的到来。

延生在军队已有十个年头，虽终日与一群糙汉待在一起，他仍是生成了翩翩君子的儒雅模样，大约是随了母亲。

只是延生越来越沉默，以前总是他逗楚奕笑，如今却是楚奕逗他笑，而他则会冷漠地白他一眼说："无聊。"仿佛楚奕才是小孩子。

直到有一天，楚奕在逗完延生又惨遭泼冷水后回头，看见延生正背过身捂着嘴偷笑，原来这孩子装正经呢。发现这个秘密后，楚奕更爱逗延生了，而他也背过身笑着偷笑的对方。

4

"现世安稳"是楚奕最常对延生说的话，也是他最大的心愿。

"我怕是看不到了，你可一定要替我看着啊。"楚奕拍拍延生的头，他说这句话时总是一脸怅然。延生不喜欢他皱着眉头的样子，他还是笑起来好看，眼睛眯成一条缝，让他觉得温暖。他也不喜欢他老气横秋的语气，明明只比自己大十几岁，却总是像个老头子似的。

"不会的，你能看到的。"延生用不容置疑的口吻道，"你在前所向披靡，我在后神机妙算，战无不胜，何愁天下不会早日统一？"

楚奕捧腹道："你这小孩儿，怎么还自卖自夸起来了。"

不过，他们的确是战无不胜的。延生熟知兵法，每每为军队带来胜利的转机。他的这支队伍已是楚国国民心中胜利的代名词。军队将士们虽也因此加官晋爵，但战乱不断的现世没有给过他们多少安稳的日子，君王一声号令，他们便得奔赴战场。

好在下属并没有抱怨，他们都相信楚奕，延生也一样，他们相信，楚奕是能为楚国带来希望的。

5

楚王下令让他们攻打晋国时，楚奕的军队正因抗击魏国元气大伤。

"我们还有多少军力？"延生问。

"五万。"

"对方呢？"

"八万。"

"以卵击石，这不是摆明了要我们去送死吗？"有将士愤然道。

"上位者不会允许任何实力强大的威胁存在，此战便是为了大大削减我们的兵力。战与不战，终有一死。"楚奕很清楚君王的意思。

"那么，你的意思是？"延生问他，"若战，我便拟定最周全的作战书；若不战，我便为你寻找最合理的说辞。"

"战！"

"好。"延生笑了，这和他想的一样。这就是楚奕啊！

6

"敌方实力强劲，此战切不可掉以轻心。"

"嗯。"他知道。他已经重复过无数遍了。

楚奕骑上战马，拉了缰绳。

"还有，"他叫住他，"平安回来。"

"嗯！"

他不知道能否活着回来，此一去只怕是凶多吉少。他们都知道。

延生恨自己不能拿起武器上阵杀敌，他能做的只有把作战书拟得完备再完备，然后等待。

前方终于传来胜利的消息，延生冲出帐外，迎接归来的将士，但却迟迟不见楚奕的身影。直到后面的人抬着一卷草席走来，不祥之感笼罩全身，他颤抖着打开草席，正是日思夜想的那人。

"他怎么了？"他明知故问，因为他仍不敢相信，他觉得下一秒那人一定会坐起来吓他一跳。

"楚将军，战死了。"

死？他知道"死"是什么，楚奕同他讲过。就是他再也不会从怀里掏出硬邦邦的饼给他吃了，再也不会讲无聊的笑话逗他了。他知道。

视线逐渐模糊，却见地上的人手里似乎握着什么，延生想打开他的手，那手竟握得死死的，像死去的母亲抱着孩童时的他那样。终于打开来，是一枚香包。打开香包，里头装着的是朵朵桃花，片片花瓣被鲜血浸染得一如那个黄昏那般鲜艳。

楚奕终究还是看不到"现世安稳"的局面了，他说要延生替亲人们活着，要替他活着，代他看现世安稳。但他能看到吗？他能等到这一天吗？所以延生永远地停留在了二十九岁。

没有人能追得上斗转星移、千年万载，有人却不得不以此为终生命运。

7

延生第二次遇到那人已是千年之后了。他替他看了安平盛世，他经历了无数次朝代的更迭，内心已毫无波澜，于是他隐居深林，与世隔绝。直到那天，一个少年的闯入打破了他平静的生活。

芦花鸡落在延生面前的时候，他以为天上真的会掉馅饼，而后才发现鸡翅上插着的箭。许是山下的村民射中的吧，这般想着，他便坐在门口等待失主上山来寻。

不一会儿，便有一少年气喘吁吁地跑上来。延生懒懒地看了他一眼，突然惊得从椅上弹起来。

这张脸与楚奕何其相似，只是多了几分稚嫩，但装束却不像中原人。

少年开口说了些他听不懂的话，延生一头雾水地看着对方。

"我说，那只鸡，是我的。"少年指指他身后的芦花鸡。

延生赶忙把鸡递给他，正欲开口问他姓名，少年却讥笑道："竟还有中原人吗？"

"什么意思？"

"就是你不应该活着的意思。"少年白他一眼，延生心里咯噔一下。少年提了鸡，走了几步又回头："不过，我不会告诉他们的。"

"等等。到底是怎么一回事？外面发生了什么吗？"延生叫住少年。

少年一脸不可思议："你不知道？"

"我一直住在山上，不曾出去。"

"简单来说，就是你们中原人被我们金人打败了。现在这块土地是我们的，这个国家很快也会是我们的。"少年带着侵略者的高傲，得意地看着他。

"什么国？"

"宋国啊。"

"皇帝死了？"

"逃到南方去了——你当真什么都不知道？"少年现在有点相信这人一定是与世隔绝的野人了。

延生摇摇头。原来过了这么久吗？天下又是这般分分合合啊。

"你能再讲讲外面的事吗？"延生请求道。

少年看他有些可怜，便折回来，席地坐在他旁边。

"好吧，反正我也没什么事。"

少年同他讲金人如何把汉人打得落花流水，汉人的皇帝如何软弱无能，其中当然有许多主观臆断。延生静静地听着。

"嗯，但是我并不喜欢首领把汉人赶尽杀绝的做法，因为阿娘也是汉人啊，所以，放心吧，我不会告诉他们你在山上的。"

"谢谢你。"延生笑了，"你叫什么名字？"

"阿不罕。"少年似乎对自己的名字很是满意，眯着眼笑着回答他。

延生愣了一下，这笑容他已有千年未见了啊。

"我走了。"说完少年便一溜烟地跑下山去，消失在荫翳的树林中。

延生还想再说些什么，但只能望着那背影发愣。

他还会再来吗？

延生的疑惑在第二天有了解答。

一只鹌鹑从天而降，险些砸中延生。少年来了。

"我的鹌鹑好像掉你这儿了。"

延生眯缝着眼，看着少年因拙劣的谎言而涨得脸颊通红，不觉好笑。

"比起你，它好像更喜欢我呢，那就归我了，我帮你解决。"延生不由分说地把可怜的鹌鹑提进了厨房。

少年站在屋外，看延生在屋里忙碌。

"你在做什么？好香啊。"终于，少年忍不住开口问道。

延生正好端着一盏汤盅从屋内出来，把盅放在外面的石桌上，才招呼少年道："好了，过来吃吧。"

"鹌鹑汤？"

"嗯，尝尝。小心烫。"

"好喝！我们那儿都是烤着吃，想不到还能做成这么好喝的汤。"少年抱着汤盅，吹也不吹便往肚子里灌。延生看着好笑又心疼。

往后的日子里，少年总会提着野味到山上来，而延生也总会变着花样给他做好吃的，少年同他讲金人的风俗习惯，延生则教他汉人的兵法和文化。

转眼已过了五年，这天少年又上山来，他对延生说："我要走了，首领要我们南下攻打宋。"似乎是怕延生反应不过来，他又补充道，"是你们汉人的国家。"

"嗯。"

"对不起。"

"你无须道歉，弱肉强食，这是自然规律。战争亦无可避免。"

"那，你愿意跟我一起走吗？"少年似乎是鼓起了很大的勇气，才小心翼翼地说出这句话，"有你做军师，一定能够早日结束这场战争，还天下太平。"但他又很快否定道，"不，算了，忘了我这个无理的请求吧。"

"好啊。"

少年惊讶地抬头看着延生："真的吗？多谢先生，日后我定会全力报答您！"

"不必。我只愿你，勿忘了今日之初心。"

延生就这么跟着少年走了，他看着少年从小将升至部落首领，他的确给予了他荣华富贵，但他都不要，他只要他能够兑现那个承诺。

阿不罕的野心逐渐膨胀，他尝过权势的甜头，便开始图谋皇帝之位。他已不再是那个单纯地想要天下太平的少年，所以延生毅然决然地离开了。

8

往后的岁月里，延生又遇到了许多个楚奕，但他们又都不是楚奕，他们有着相似的眉眼与笑颜，又有着不同的身份与性格。他们于乱世中现身，企图救民于水火，而此时延生便会以军师的身份为他们出谋划策，这似乎成了他的任务与使命。不论成败，他深陷其中。那是他踽踽独行于黑暗中所追求的希望与光明。

也会有人问起他："你为何从军？"

"不过是为完成故友的一个心愿。他是我今生认定的知音，既然他想还百姓一个安平盛世，我便为他肃清前敌。"他如是说。

9

延生看着面前苍老的容颜，才惊觉，原来，人间大梦已千年。

所有故人都在前行，唯有他一人，依然留在一场上古遗梦里。

现在也该醒来了吧。快醒来吧。他下定决心。

梦醒时分，他听到有人在耳畔低语："我只愿现世安稳，天下太平。"

　　彼黍离离，彼稷之苗。行迈靡靡，中心摇摇。知我者，谓我心忧，不知我者，谓我何求……

琥珀眼睛黑色的大海

在一个叫芜州的南方郡县，人们世代以捕鱼为生，日出而作，日落而息，生活自在富足。当地人将女娲奉为保护神，在最高的山上修建祠堂供奉女娲神像，这座原本连名字都没有的山被人们称作神山，山上草木葱茏，隆冬时节远望去也依旧苍翠一片。女娲庙里香火不断，人们虔诚地相信只要祈求女娲娘娘庇护便能够风调雨顺。村子里确实人丁兴旺、富饶安乐，但那都是很久以前的事了。

有一年天神降怒，突如其来的海啸使芜州近乎被淹没，只剩下神山上的女娲庙巍然伫立，幸存的人们驾船离开了这座再无生机的荒僻小岛。又过了许多年，才终于有人重新踏入这片原本富饶的土地，建立新的家园。百年之后，絮屿的人们给这座山取名为：青樵山。

1

年幼的潮生伏在母亲的膝头。海风带来湿润的咸腥气味，将母亲轻柔的话语慢慢拉长，一直延伸到小岛的另一边，飘到高耸的青樵山上去了。潮生顺着母亲手指的方向望去，翼火蛇下安静伫立的青樵山笼上月的柔光，几片石灰色的云彩躲在巍峨的山头，似月宫中的仙女无意拨弄垂下的裙摆。

"那就是神山。"

潮生好奇地睁大眼睛，歪着头问道："山顶的女娲庙呢？"

"年代久远，女娲庙早已残破不堪，被丛生的杂草与荆棘覆盖了。而且，这只是个传说，到底有没有女娲庙谁也不知道，毕竟没有人在游过宽阔的海面后能够再攀登荆棘密布的高山。"母亲摸摸怀里孩子柔软如海草般的头发说道。

"阿爸也不行吗？"潮生扬起脸来不可置信地问。

母亲笑着说："阿爸也不行哦。"

"嗳。"潮生似乎很是失落，又将脸靠在母亲的膝头，偏过头去看那座隔海相望的神秘的青樵山。

母亲忽然一把将小潮生抱起来，高高举过头顶，大声说道："有一天我们潮生一定能登上那座山顶，然后告诉阿妈到底有没有女娲庙哦。"被托举着双臂高高腾空的孩子止不住地咯咯笑着。"看到女娲庙了吗？"母亲高声问道，声音仿佛要穿过遥远的大海，把山上的神仙召唤出来。

潮生也高声回应着："看到啦！"

"真的吗？"

"真的！"

晚风将二人的嬉闹声沿着海岸线传到唱晚的渔舟和袅袅的炊烟中去了。芜州远去多年的人间烟火气又秽土重生，以"絮屿"这个名字破而后立、死而后生。

潮生常常独自一人站在海边眺望遥远的山头，蔚蓝的海水与金色的细沙在脚趾间摩挲，让他想起了第一次跟随父亲出海时，父亲提溜着他坐在船头，将他的小脚丫浸入冰凉的海水，无数条银色小鱼亲吻着他的脚丫。天空与海水是一样的颜色，澄明清澈，没有分界。潮生想，大海大概是一面镜子，反射天空的颜色，不然他怎么会分不清海和天？青樵山就像浮在了海天之间，遗世独立，宛若神话里的仙境。白天，阳光照耀下的青樵山更显圣洁，七彩的云群奔腾在山头，像被牧羊人用鞭子驱赶着跨过草丘，粼粼波光跃动在青樵山脚底，为青樵山勾勒上金色的裙边，沙鸥啼鸣着飞过海岸，为神山缀上珠光白的宝石。

潮生总是盯着那座山失了神，直到太阳下山，母亲来捉他回家吃饭。他的小手掌被紧紧裹在母亲的大手里，让他觉得安心，另一只手则揉着因长时间不动而感到酸涩的眼睛。他对母亲说："阿妈，我今天看见神仙了。"

母亲笑着问他："是吗？那神仙长什么样？"

"嗯……穿白衣服，头发长长的，还会飞。"

"这么厉害呀！"母亲故作惊讶地说道，"那神仙有没有对你说什么？"

潮生得意地点点头："神仙说，下次见面会实现我一个愿望。"

母亲捏捏他的小手问道："那潮生想要实现什么愿望呢？"

潮生被问住了，思索了好一会儿，才回答："我想要和阿爸阿妈永远在一起。"

"这是当然的啦！"母亲低下头来慈爱地看着年幼的孩子。潮生嘿嘿地笑，牵着母亲的手欢快地荡悠起来。不远处的村落升起缕缕青烟，一间间错落有致的小木屋内传出阵阵欢笑低语，混着饭菜香气飘摇在与天空一样颜色的海面之上。

潮生在山与海之间长大，他上山砍樵、下水摸鱼，秋天与伙伴们在山林里撒野、摘果子吃，冬天穿着母亲缝制的小袄呆呆地坐在沙滩上望着远方的神山。冬天的青樵山蒙上了一层肃穆的薄纱，没有了夏日时的燥热与喧嚣，它像一条小蛇安静地盘伏在水天之间。

"小孩儿。"突然有人从背后拍他，潮生回过头，却被吓了一跳。那是村里一位姓蒋的老人家。蒋老伯在芜州消失、絮屿建起前就住在这里，第一个踏上这座岛的村长是这样说的。没有人知道他的年龄，他像离群的孤狼一样独自生活在近海的岸边。岛上的孩子们都怕他，因为他可怖的面容——老人家白发苍苍，脊背佝偻，左脚有些跛，因此走路一瘸一拐，他总用头发遮住半边脸，当海风掀起他的白发时，人们便能看见他那满是皱纹的脸上有一条触目惊心的疤，失去了眼珠的右眼眶萎缩得像一朵腐烂的花。

母亲告诉过他不能以貌取人，但近距离看到这张脸时，潮生还是被吓得连连后退。

"我吓到你了吧，对不起对不起。"蒋老伯很是愧疚，往后退了几步。

潮生愣了半晌，才终于平复过来，说："没有的事。"他小心翼翼地上前两步，问道，"阿伯，您有什么事吗？"但他的眼神一直飘忽着，不敢再看老人的脸。

"我见你总是盯着对面，在看神山吗？"

潮生惊讶地问道："您知道神山的故事？您真的很久以前就

住在这里了吗？"潮生似乎不再惧怕老人，往前凑了上去。

老人浑浊的左眼凝视着前方的神山，忽然一阵寒风呼啸着从山那头吹来，掀起他鬓间的白发，像是在回应他的目光。他轻轻抚上右眼眼眶，陷入了悠远的回忆，而后呓语般地喃喃："是啊，多少年过去啦。这里很久很久以前叫作芜州，后来海水淹没了村庄，小岛被一分为二，西北的这块高地重建村落，东南的神山就孤零零地漂浮于海中央。"

"这个我知道哦！阿妈同我讲过。"潮生自豪地仰起头。

老人笑了笑："你母亲很博识。"

"阿伯，您讲讲神山的故事吧。"潮生央求着，"山上真的有女娲庙吗？为什么看不见它了？芜州以前是什么样的？"他一连串地问了好多问题，老人安静地听着，眼睛里逐渐蒙上一层雾霭。

"春社节上，大家都要去神山祭拜女娲娘娘，她既是我们的保护神，也是土地神。浩荡的人群沿着蜿蜒曲折的山路依次排开，中间一行队伍敲锣鼓、放鞭炮，其余的人跟在后面，拿着烧香祭祀的物什，祈求接下来的一年风调雨顺、人丁兴旺。上元节我们在河边放花灯，零星的烛火汇聚成一条银河，流向神山脚下，又像一条银线紧紧将我们与神山联系在一起。那时的村子与神山之间只有浅浅的一道小溪，我纵身一跃就能跨过去。可是有一年人们惹怒神灵，很快便遭到了上天的惩罚，海啸将一切都吞噬了，昨日繁华竹篮打水，云消雨雾后只剩绝望与悔恨。于是人们纷纷逃离这片被诅咒的土地，大家亲手建立的乐土也被自己所毁，一切都是报应……"

"什么是报应？"潮生听得一头雾水，不知其所云。

老人指了指自己的右眼："这就是报应。我被永远地留在了这里。"

"为什么？你的族人不带你一起走吗？"

"我不能走，我该尽数偿还允诺的代价。"

"什么意思？"潮生刚想问他，远处传来母亲的呼唤。

"你叫潮生？"

孩子点点头。

"快回家吧。"

潮生不舍地转身，才发现太阳不知什么时候已经落入海面，只剩半盏橘红留恋地挂在天边。

"潮生，谢谢你。你是第一个听我说这些的人。"老人真诚地看着他说。

母亲快要走过来了，潮生向她招招手，又回头对老人说："我明天还能来这儿找你吗？"

"当然。"

潮生向他挥手道别，开心地朝母亲的方向奔去。"阿妈！"他一下子扑进母亲柔软的怀抱。如今的潮生已经高过母亲的腰部，再不能被母亲一把抱起了。

母亲佯怒道："又疯到这么晚才回家。"可话语依旧如晚风轻柔。

"阿妈，那位阿伯说真的有女娲庙呢！"潮生急着将与老人的谈话告诉母亲，一路上说个不停，母亲只能无奈地牵着他的手认真地听，把说教的话留到晚饭后。

暮色四合中，苍白脆弱的背影依旧如身旁的礁石般静默地伫立原地，注视着山海间那道越来越遥远的时间缝隙。

第二天一早，潮生如约而至，看见礁石背后熟悉的身影便跑了过去。老人正用一枚小石子在礁石上刻字，宽大的石面上密密麻麻地刻满了"正"字。

潮生疑惑地问他："你在干什么？"

老人应声抬头，见是潮生来了，便欣喜地笑着回答："在记录天数。"

"记录天数做什么？"

老人摇摇头，继续用石子加深之前刻过但已被海风与海浪磨淡了的字迹。潮生问他昨天说的那些话是什么意思，什么是"报应"，什么是"代价"。老人却避而不谈，丢下石子对他说："你现在读什么书？可曾识字？"

"读《论语》，阿妈教我。字嘛，能识一些。"

"你母亲怎么什么都懂？"

"阿妈就是很厉害嘛！"潮生自豪地说。

于是老人开始教他识字读书，带他认识各类走兽飞禽，他们有时也一起望着神山发呆，只是老人不再讲神山的故事了，潮生也没再追问。

万物复苏的某一天，潮生在沙地上用小木棍写字，一旁的老者忽然朝着神山的方向走去，潮生起初没有在意，再回头时，老人已经蹚入了大海，冰冷的海水没过他的脚踝。潮生喊住他："阿伯？"但对方好像并没有听见，依旧失神地向前走去，一波波袭来的海浪险些将跛足的老人掀翻。潮生一下子慌了神，连忙跑过去拉住他："阿伯！阿伯！"老人眼神空洞，仿佛只剩下这具向神山的方向行走的躯壳。潮生使出吃奶的劲儿拽住他的手，把他往岸上拉。好在老人骨瘦如柴，潮生终于连推带扯地将他拉上了岸。上岸后，老人一下子跌坐在沙地上，左眼也逐渐有了光彩。

潮生后怕地拉住他的手，跪在地上问他："阿伯，你怎么了？"

老人回过神来，缓缓地开口道："你有没有听到什么声音？"

"海浪的声音，还有风声。"潮生屏息凝神听了好一会儿，回答道。

"你没有听见歌声吗？"

潮生摇摇头："没有。"

"从神山上传来的，它的歌声。"

"它？"潮生越来越搞不懂老人在说什么了，"阿伯，你想到神山上去吗？"

老人没有回答他，只是呆滞地望着前方，于是潮生自说自话开始讲起自己前往神山的计划："先乘小船到山下，再用斧子将山脚的荆棘劈开。阿伯，你可以和我一起去哦……"

听到他有这样的想法，老人忽然激动地抓住他的肩膀："不要靠近那座山！"潮生被老人剧烈的反应吓得怔住了，骨头也被捏得生疼，他难受地皱眉，害怕地抬起眼看着老人，对方的眼里布满血丝，身体不知是因气愤还是恐惧而微微发抖。

"阿伯，你到底怎么了？"惊恐与疼痛使潮生止不住地滴下泪来。

老人慌忙放手："对不起，潮生，对不起。"他轻轻地拭去孩子脸上的泪，粗糙的手掌触感让潮生直缩脖子。潮生摇摇头说没事。老人艰难地起身后，将他拉起来："回家去吧，潮生，不然你母亲该担心了。"潮生点点头，转身离去，再回头时，老人依旧站在原地看着他。潮生忽然觉得心里一阵慌乱，好像这将是自己与老人的最后一次见面了。

晚饭后，潮生躺在床榻上问一旁的母亲："阿妈，没有人上过那座山吗？"

母亲想了想："没有呢，没有人能够靠近山脚。"

"为什么？"

"很久以前曾有人想登上青樵山，即将抵达山脚时，一阵突如其来的海浪将那人逼得节节败退，后来山脚处长满带刺的荆棘，人们再也无法靠近了。"母亲看身旁的孩子困惑地眨巴着明亮的眼睛，笑着轻拍他的背，"也许是山上的神明不想被人打扰吧。"

潮生似懂非懂地点点头。那芜州的人们为何能到山上去祭拜呢？潮生翻过身平躺在床上，想着还是明天再去问问阿伯吧。而后打了个哈欠，抵不住困意侵袭，合上直打架的眼皮，将今天的泪水遗忘在枕头下了。

第二天，潮生再去礁石旁时却没有见到老人的踪影，礁石背后的石面上留下的是昨天老人刻下的最后一个"正"字的最后一笔，端正地居于石面最低部。潮生百无聊赖地开始一边数那些"正"字，一边等待老人到来，可那些"正"字是那样多，潮生踮起脚尖从最顶上开始数，数到眼睛都花了，也不过才数了上面一点点，有时数着数着一走神，又忘记数到哪儿了，便只好重新来过。潮生数了一天也没有将那些"正"字数完，想要问个清楚的那人也未来赴约。于是他踩着夕阳的碎片悻悻地回了家，之后的几天也同样如此。他跑到老人建在海边、远离村落的小木屋，掩映在树丛下的破旧小屋内空无一物，好像从来没有人在这里居住过一样。他问母亲为何再不见蒋老伯，母亲说大抵是被亲族接走了吧。潮生将信将疑地点点头，如果真是这样，他为阿伯感到开心，但为何他连一声招呼都不跟自己打就消失了呢？他们不是朋友吗？至少潮生是将他视作朋友的。他不喜欢这样不辞而别。

潮生还没来得及难过，母亲便对他说："你长大了，该随阿爸一起出海了。"潮生才发现自己不再是小孩子了，他的个头快要超过母亲，再过几年就得接替父亲成为家里独当一面的男子汉了。于是他登上甲板，朝母亲挥挥手，与这片承载了他十年快活又梦幻的童年时光的沙滩告别，投身辽阔大海与未知将来。他起初还是会站在船头遥望那块礁石，有好几次他都确信自己看见了那个苍老的身影，可再眨眼时那里却又空无一人，只有拍岸的浪涛与呼啸的风沙。潮生逐渐在父亲的呼唤与海洋的奇险中忘记了这块恼人的礁石。

2

平淡的日子没有持续太久。

盛夏的某一天，一群不速之客在和煦的阳光里闯入宁静的村庄，巨大的帆船撕裂明镜似的海面，停靠岸边。船上下来几位穿青衣戴官帽的人，吆喝着将村里人召集起来。

潮生帮父亲把船绳系好才赶过去。潮生到时，人群里传出一阵骚动，只听为首的官吏说道："即日起，每户每年缴纳粟十石。"

与官吏面对着、站在人群中央的村长出来说："大人，您看我们这穷乡僻壤的小岛，哪里有农田耕作。"

官吏不耐烦地瞥他一眼："那就缴纹银五十两。"

"大人，我们一年的收入也不过二十两啊。"

"我说你这老头，你还得寸进尺了是吧？"一旁的青衣使者一把推开村长，老人踉跄几步跌坐在地上。

潮生赶忙过去把村长扶起来，人群中有壮汉想替村长出头，却被老人一把拦下。他抬手示意身后的人群停止骚动，拍拍粗布裤子和短褂上因跌倒而沾上的细沙，步履蹒跚地走向为首的官吏："大人，我们这座小岛自建成以来从未缴过税，也没人来收过，您再看看是不是搞错了？"

"那你的意思是，我这儿有皇帝玺印的文书是伪造的？还是说，你们这帮人想造反啊？"那官吏的声音提高了几分。

村长不由得连连摆手道："不敢不敢。"

"那就给我把该交的银子交了，不然你们别想好过。"一行人丢下这句恶狠狠的话便走了。

人们面面相觑，而后等待着村长的指示。老人转过身来看着忧心忡忡的族人，每个人都像抓住了最后的救命稻草一样，眼睛里闪烁着期待的光。村长低下头又摇摇头，大家便明白了其中的意思，人群慢慢散开，各自回到家去盘算以后的日子。明明是燥热的夏日，絮屿却像是提早迎来了寒冬，突然变得毫无生气。

母亲坐在家中盘点上半年的收入，她看潮生闷闷不乐，便将他唤到身边来："没事的，潮生，总会有办法的。"温暖的手掌覆盖在潮生的头发上，他便真的感到安心起来，他觉得自己还是个长不大的孩子，只要有母亲在，他就什么都不怕了。

他问母亲："为什么那群官吏要为难我们？"

"他们只是奉命办事，不照做他们也会为难。"母亲将碎银子用布仔细地包起来，收进一旁的柜子里。

"奉谁的命？"

"皇帝的命令。"母亲看潮生一脸困惑，解释道，"就是统治这个国家的天子，是最厉害的人，我们都得听他的话。"

"那他为什么为难我们？也有人为难他吗？"潮生穷追不舍地问道。

"大概是吧。"母亲目光如水地注视着孩子，"我们总是在被别人为难和为难别人，对这个国家来说是被入侵的外邦人为难，对个人来说是因内心的贪欲而去为难别人。"潮生被这一连串拗口的话语绕得晕头转向。母亲捏捏他的鼻子："潮生现在就在为难阿妈哦，这么高深的问题我也答不上来，你得自己去想，但是不管怎样都不要陷入仇恨的旋涡，也不要将自己的难处转移到他人身上。记住了吗？"

潮生点点头："我明白了。"他不知道自己是否真的听懂母亲所说，但他知道他改变不了现状，谁也改变不了。

絮屿的人们郁闷了几天又强打起精神，他们知道这样坐在家里唉声叹气只会让情况变得更糟，于是立刻投身劳作，将苦恼统统丢进海洋。第一年，人们将以前的积蓄统统算上，才勉强凑够了五十两银子，可到了第二第三年便越来越难拿出足够的税款，男人们将捕获的海产运到遥远的陆地上去卖，但内陆的百姓同样不堪沉重赋税，没有人能再负担得起奢侈的鱼鲜美味。

官兵每年秋天都会来到小岛上征收赋税，凑不够五十两纹银的人家便被强盗一般的官兵入室洗劫一空，所到之处一片狼藉，犹如台风过境。

"干脆逃走吧。"围坐在篝火旁的人们说。

"可是又能逃到哪里去呢？这个国家现在无处不是哀鸿遍野，我们算幸运的。"

于是众人陷入了沉默。

"听说要打仗了，不会打到我们这儿吧。"

"谁知道呢？我倒希望快换个皇帝，结束这无尽的苦日子吧……"

潮生默默地听大人们说话，他不知道对于这个国家自己是怎么想的，他只希望还能回到以前那种日子，同父亲出海捕鱼回来就能吃上母亲做的可口饭菜。他突然想到了很久以前和母亲讲过的愿望，如果真的有神仙，那他一定要求神仙实现这个愿望，可他已经很久没有再像以前一样遥望过那座神山，他感觉青樵山好像离絮屿越来越远了。

寒露这天，潮生刚过完十五岁生日，母亲从拮据的家里找出一点余粮做了一桌好菜为潮生庆祝。父亲说："潮生，你长大了。"潮生点点头。母亲给他夹菜："潮生，不要怕，一切都会好起来的。""嗯！"潮生看着微笑的父母，目光坚毅。

第二天，潮生在微凉的晨光中被一阵喧闹声吵醒，有人跑来传信说："官兵又来了！"

"不是才收过赋税吗？"村里的人们紧张地站在各自家门口。

这次来的官兵更多，村民们不由得惶恐起来，为首的长官手持所谓的谕旨说："朝廷抗金，现征青壮男子充军，不从者就地处决。"

一时哭喊声不绝于耳，潮生知道自己难逃徭役，于是走出门去。

"潮生！"母亲拉住他，滚烫的泪水一下子落在他的手背上，让他心头一紧，"不要去。"

"可是……"潮生害怕牵连到家人，但母亲紧紧地拉住他的手不放。

"逃走吧，潮生，逃到青樵山上去。"潮生困惑地看着母亲，但母亲眼神坚定，不像是在说笑，"没事的，潮生，逃吧。"她悄悄地带着潮生溜出去。父亲出了门，为他们掩护。

潮生被母亲拉着跑起来，虽然不知道为什么母亲说要到青樵山去，但他相信母亲一定会有办法的。可两人快到海岸边时还是被发现了，官兵吆喝着叫住他们。

母亲一边推着潮生往海里走，一边摘下颈上的贝壳项链，交到他手里："拿着它，游到山脚下，会有人来救你的。"

"可是你和阿爸……"潮生不愿意走，他看见远处反抗的村民一个个倒下。

"别管我们了！快走啊！"母亲第一次冲他吼道，石榴一样通红的眼睛里流下晶莹的泪。几个持长矛赶来的官兵越逼越近，母亲奋力将他推开，潮生惊讶地看着拥有如此神力的母亲。"潮生，你一定要活下去。"潮生突然感觉身体像是不受控制般地向青樵山的方向游去，他听见身后的母亲对赶来的官兵祈求道："他只是个孩子，求你们放过他。"再回头时，母亲口吐鲜血倒在地上，她面朝大海，伸手指着青樵山的方向，似乎还在告诉潮生："游吧，游到山脚下，会有人来救你的。"

潮生一头扎进海底，眼泪与海水融在一起。他不明白母亲为何要让他游到山脚下，不明白身体里这股控制他的力量源于何处；不明白为何朝廷征兵要到他们这座人烟稀少的小岛上来，也不明白为什么这一切要发生在他身上……他只能不受控制地往青樵山游，痛苦又愤怒地攥紧拳头。很快，他甩开了身后的追兵，他听到有士兵说："算了，前面死路一条。"

潮生抓着母亲的项链游到青樵山脚下，荆棘拦住了他的去路。他疑惑又悲伤，身体里控制他的神力突然抽离出去，冰冷的海水一下子凉彻他的骨头，筋疲力尽的身体也一时脱力，他晕了过去。

3

"潮生，醒醒。"他听见有人叫他，迷迷糊糊地睁开眼睛，是熟悉的屋顶，他扭头看见母亲端出他爱吃的菜，"快起来吃饭了。"父亲已经坐在饭桌旁了。

潮生又惊又喜地从床上跳起来："阿妈！阿爸！你们还活着？"

母亲吃惊地骂他："你这孩子，说什么浑话呢！"

潮生跑过去抱住母亲："太好了阿妈！我还以为再也见不到你们了。"鼻翼间萦绕着母亲温暖熟悉的香味。

母亲摸摸他的头说："怎么啦，潮生？是不是做噩梦了？"

潮生将眼泪融进母亲的颈窝："嗯，我做了一个很可怕的梦。"他又突然拉开母亲，"我现在不会还在梦里吧？"

母亲笑着使劲掐他的脸蛋："疼不疼啊？是不是在做梦？"

"疼。原来只是梦啊，不，原来不是梦。"潮生被眼下的喜悦冲昏了头脑，自己也不知道在说什么，"总之太好了！"他嘿嘿地笑着，心里总算松了口气。可母亲还是捏住他的脸不放。

"阿妈，可以松手了，好疼啊。"他微微皱眉，"阿妈？"母亲的脸开始扭曲，身旁的家具也旋转起来，转得他头晕目眩。

"阿妈！"潮生大喊着睁开眼睛，一张没有见过的脸倒挂着出现在他眼前，他被吓得弹了起来，两人的额头闷声碰在一起，于是二人都龇牙扶住额头。潮生突然看见自己手里还抓着母亲的贝壳项链，于是明白了刚才的一切都是幻影，母亲还是不在了。"阿妈。"积压许久的痛苦与悲愤使他放声大哭，可再也没有人来替他拭干脸上的泪了。

"哎呀，对不起对不起，刚才把你掐疼了？可我不是为了让你醒过来嘛。你一个大男人怎么因为这个就哭啦？我的额头也被你撞得生疼呢。"那人开口说道。

潮生这才停止哭泣，看着对面的人。那是与他一般大的孩子，琥珀一样明亮清澈的眼睛幽怨地看着他，精致的面容让他分不清对方究竟是男是女，乌黑的长发披散在背后一直垂到了地上，白色的长袍松松垮垮地披在身上，但依旧能看出对方清瘦的骨骼。

"你是谁？这是哪里？"潮生问对面的人。

"我叫阿绾，这里嘛，如你所见，是一座破庙。"

潮生环顾四周。这里确实是一座庙的陈设，香案台上积满了灰尘与蛛网，桌子腿被虫蚁啃食得摇摇欲坠。头顶有水滴下来，潮生抬头，屋顶的瓦片已经不剩几块了，露出阴沉的天空与黑压压的云朵。

这个地方哪里都像一间庙堂，但唯独少了庙里最重要的东西——神像。潮生忽然想起那个传说，激动地叫起来："神山！

你是女娲娘娘！"

阿绡闻言愣了一下，而后止不住地狂笑起来。潮生困惑地看着对面的人，不知对方为何发笑。终于，阿绡抑制住抖个不停的肩膀，对他说："我可不是什么女娲娘娘，不过我比她厉害得多。"

潮生听后激动地抓住阿绡的手："那你一定是山上的神仙。神仙，你救了我，谢谢你！你能再实现我一个愿望吗？"潮生太高兴了，对他来说阿绡就是他最后的希望。

阿绡的手被他捏得太紧了，于是烦躁地甩开他："等等，我想你搞错了。你从一醒来就开始自说自话，聒噪得很，果然脑子还是不太清醒？那让我来给你捋一捋吧，不过你最好先闭嘴，一直吵吵嚷嚷的，扰得我脑袋疼。"潮生想说"好"，却发现自己开不了口，大抵是被这位神仙封住了嘴，于是他点点头。

阿绡看着潮生，满意地笑了笑："首先，我不是神仙，是妖怪。"阿绡脸上突然长出泛着彩光的黑色鳞片，嘴里吐出尖锐的獠牙与长长的蛇芯子，黑质白章的细长蛇尾从袍子里伸出来，将被吓得连连后退的潮生缚起来拉近自己。潮生害怕地闭起眼睛，过了好一会儿身上冰凉的束缚感终于褪去，他才慢慢睁开眼，阿绡正捂着嘴笑得要倒下去。潮生无奈地看着他，等他笑完。阿绡笑够了才终于直起身来，轻咳一声："第二，不是我救了你，是它。"阿绡指着潮生手里的项链，"项链的主人将自己的一缕魂息寄托在贝壳内，在必要时会抽离出来呼唤同伴、寻求帮助。"见潮生一头雾水地看着自己，阿绡叹了口气又解释道，"也就是说，你母亲和我一样，是海蛇。"潮生惊讶地睁大眼睛，不愿相信地抱着头颤抖起来。"信不信由你。总之，她将自己的魂力分给了你，又通过这枚贝壳将我呼唤出来，让我救你……"

潮生已经听不进去了，他不相信阿绾所说，母亲不可能是妖怪，但他也没有理由怀疑阿绾，不然这发生的一切又该作何解释呢？其实母亲是妖怪也没关系，阿妈只是他的阿妈，这样就行了。况且，如果母亲真的是妖怪，那她大概是杀不死的吧，他转念一想，这样母亲岂不是有救了？于是他激动地呜咽起来，请求对方为自己解开封嘴的法术。阿绾见他的脸被憋得通红，无奈地说："只能说一句话哦。"

"能不能救救阿妈？！"潮生说完，又被堵上了嘴。

"不能。"阿绾冷冷地看着他，"她自己触犯禁忌，谁也救不了她。长老早就说过，上岸的海蛇只有死路一条。为什么不听！她自己活该！谁能救她！"阿绾说着说着便勃然大怒，对着潮生吼叫起来，尖牙和蛇芯子吐在潮生脸上。潮生不知所措地看着他，不知道这位情绪和身形一样变幻莫测的妖怪为何又突然发怒。等脸上的鳞片褪去，阿绾才算冷静下来，似乎刚才发怒已经用光了力气，他平静地说道："从她决定化作人形的那一刻开始，肉体与魂息便分离开来，魂息可以通过附着在物体上得以保存，但肉体一旦死亡，便像凡人一样无救了。她化形太久，这枚贝壳里的魂息力量微弱，在将我召唤出来的那一刻便已耗尽，女娲也救不了她。"听到阿绾平静地说完，潮生像被夺了魂似的，眼里失去了光彩。阿绾躺下来看着瓦片外的天，等潮生回了魂再对他继续讲。

潮生低声啜泣着，阿绾坐起来，用力拍拍他："你怎么老是哭！"潮生没有理会他。阿绾不耐烦地抓抓头发："好了，凡人！我来回答你的第三个问题，你不是求我帮你实现愿望吗？可以，我能实现你一个愿望。"潮生终于抬起头来，怔怔地看着对方，阿绾见他噙着泪的可怜模样，冷笑一声，"凡人总是工于算计，妄图从神灵这儿平白捞得好处，愚蠢的菩萨要度众生，但往往自顾不暇。未能实现愿望的凡人便将怨怼发泄在神明头上，或者堕入邪门歪道，转而向妖怪求援。其实在他们看来是神是魔又有什么所谓呢？只要能满足自身欲望，神魔仅仅是工具，而绝非目的。"阿绾左手半撑着侧卧在地上，右手卷起一缕头发随意地拨弄着，纤长的手指指尖苍白，潮生想起方才抓住它时就像触入海水般冰凉。阿绾转头直直地盯着潮生，看得他心里发毛。"你也是这样想的吧？"潮生不置可否。阿绾笑了笑："没关系，大家不都是这样的嘛。我说过我比女娲厉害得多，所以任何愿望我都能帮你实现。来吧，好好想一想吧。"他摇摇手指，将潮生的封口术解开。

"我要报仇。"

阿绾看向潮生，对方眼睛通红，但已不再流泪。"怎么报？杀你母亲的那个小兵，我吹一口气便能让他明日横尸街头。"

潮生摇摇头："我要杀了大宋皇帝，亲手结束这乱世。"

"你大可不必如此大费周章，杀他的代价太大，你得不偿失。"

"不，一切祸根皆因他而起，若是他不加重赋税、发动战争，我和我的族人何故遭受这无妄之灾？"

阿绾饶有兴致地看着潮生："有意思。"接着他大笑起来，"有意思，你比我见过的那些凡人都要有意思！懦弱的凡人只想着眼前的既得利益，于是将刀挥向更弱者，却不想这一切到底因何而起。你和他们不一样。好呀，我可以实现你的愿望！"潮生刚要道谢，便被对方打断，"先别着急道谢。我说了，我可不是神仙，不能就这样平白无故地替你实现愿望，你得交出等价的筹码。"

"你想要什么我都可以给你。"

阿绾笑了："除了这副躯壳，你还有什么？"潮生无话可说。阿绾绕着他打量起来："我见过来庙里求神的凡人，他们有的求情情爱爱，有的求孕生子，有的求免除疾病伤痛……或喜悦或悲伤，或嫉妒或贪婪……"阿绾走到潮生背后，变成一条海蛇缠住他的身体，鲜红的芯子舔舐着他的脸颊。潮生已不再惧怕，他现在一心想要报仇，要他交出什么他都愿意。阿绾玩味地看着面前的男子："我要，你愤怒的灵魂。"

"好。"

"你不再考虑一下？"

"除了这个，我还有什么能与你交换的呢？"

阿绾又化作人形，大笑起来："你这凡人，当真有意思。"潮生看着他不说话。"那么便与我签订契约吧，伸出手来。"阿绾抓住他的右手，露出獠牙在他小臂上咬了一口，潮生感觉手臂一阵酥麻，似乎正有灵力缓缓注入他的体内。阿绾松了口，舔舔嘴角，潮生的手臂上便留下两颗猩红的牙印。"契约至此刻生效，在你大仇得报之时，愤怒便由我吞噬，灵魂也将交付于我。"阿绾起身张开怀抱，一道突兀的光穿透层层乌云从屋顶泻下将他笼罩，他忍痛从尾巴上揭下一枚血淋淋的鳞片交给潮生，七彩的鳞片便融进他的掌心，在右手手心里化作一道蜿蜒如蛇状的黑色符文。"在你的愤怒彻底消逝前，我不会取走你的灵魂，否则便会遭到反噬。"

"你不必如此，我贱命一条，被你救下已是感恩戴德……"

阿绾苦笑着摇头打断他："我说过了，不是我救了你，而且——"他伸出食指，指尖便架起一座小巧的金质天平，"你的筹码是多是少都由天平做出裁断，我不会白替你做事，也不会多收取你一毫报酬。契约就是建立在绝对的利益公平基础之上。"潮生点点头，阿绾不知道他是否真的听懂了。"你还有什么要问的吗？"

潮生摇头，又像是突然想到了什么，问道："我何时能报仇？你怎么帮我？"

阿绾瞥他一眼，琥珀色眼睛里闪过一丝轻蔑："你太着急了，凡人。我纵使再强大，也无法直接与天子抗衡，这得靠你自己一步步完成，我只在暗中为你提供力量。总之你按照我说的做就行了。"

"那你为何要我愤怒的灵魂呢？"

阿绾笑起来："于你来说，你也只有这个吧。"

潮生垂下头。

"于我来说嘛，"阿绾又躺了下来，摆弄头发，沉思了一会儿，想着该怎么对潮生解释，"低贱的妖怪只贪求肉体的美味，我可与那群俗物不同，最强烈的感情、最真挚的灵魂能让我功力大涨，而这两样也恰巧是你所拥有的。"阿绾修长的手指抵在潮生心口，潮生抬眼，看见对方像是把他当作食物一般赤裸裸地打量着。

"你的修为很深？"

阿绾得意地点头："当然，我可是有近千年的修行。"

潮生像是突然发现了什么秘密，激动地说："这么说，你从很久以前就在这里了？"

阿缩看着面前总是一惊一乍的男子，疑惑地点点头，思考着要不要再对他施下封口术。

"那你一定知道芜州吧，就是这座岛以前的名字。它为何消失？这间庙就是女娲庙吗？"

阿缩脸上闪过一丝意料之外的慌乱，而后翻过身，背对着潮生说："不知道。我累了，有什么事明日再说吧。"

潮生闷哼一声，知道自己又被施了法术，于是失落地耷拉下脑袋。他总觉得这座小岛上潜藏着巨大的秘密，而唯一知道这个秘密的人已经不在了。他躺在地上，回想着这一天之内发生的所有事，悲痛又魔幻的遭遇接踵而至，让他目不暇接——村民惨遭屠杀，阿妈为救自己死在他眼前，救下自己又答应替自己报仇的妖怪……他感觉一切都像是幻影，等他再次睁眼便会烟消云散，像将一粒石子扔向大海，等溅起的水花落下、涟漪不再泛起，一切便归于平静。他知道这只是在自欺欺人，如水的月光分明落在他额前，明晃晃地照得他睡不着，手臂上被阿缩留下的牙印还隐隐作痛，霜露的寒气透过他的衣衫刺入脊髓。于是他起身生火，噼啪作响的树枝燃烧在他与阿缩中间，他想蛇妖应该不会冷，但还是摘了宽厚的芭蕉叶盖在对方单薄的身上。做完这一切，他重新躺回去，蜷缩起身体，躲在巨大的芭蕉叶下，像儿时依偎在母亲怀里一样。他将母亲的项链戴于颈间，紧紧握住那枚小巧的贝壳，像是要再次抓住母亲的手。"阿妈。"泪水伴着一句无声的呼唤静静滑落，潮生告诉自己这是他最后一次流泪，天亮之后他便要踏上复仇之路。他很快睡着了，做起了奢侈的美梦，梦里有母亲和安宁的絮屿，春社节上，人们带着祭品，乘船游过湛蓝的大海到青樵山上去，平坦的石阶顺着山路蜿蜒而上，山顶的庙宇富丽堂皇，高大的女娲神像是阿绾的模样。

翌日一早，潮生在鸟鸣声中醒来。他昨晚睡得很好，一点儿也不觉得寒冷，篝火烧了一夜，直到和煦的阳光穿透树林，才化作一缕青烟缓缓熄灭。潮生转头，没有看到阿绾，正想出门寻他，两条鲳鱼和阿绾一起从天而降。

"吃吧。"阿绾将其中一条鱼递给潮生，潮生伸出双手接住，阿绾捧着另一条啃起来。

"等等。"潮生止住他，被打断进食的阿绾不高兴地瞪着他，潮生叹了口气，"没事，你吃吧。"他转身重新生起火，将鱼穿在削尖的树枝上炙烤起来。

阿绾在狼吞虎咽地吃完了自己那份后，疑惑地看着潮生怪异的举动。"你在做什么？"他问。

潮生没有理会他，阿绾便蹲在地上好奇地观察，很快，烤鱼的香味弥漫在这间小屋内。潮生拿起烤鱼准备咬一口，阿绾死死扳住他的手："你这条给我，我再去给你抓一条。"他紧盯着潮生手里的鱼，琥珀色的眼睛里闪着渴求的光。

潮生站起来，将鱼高举过头顶："你告诉我关于这座山和芜州的事，我便把鱼给你。"阿绾毫不犹豫地答应下来，像猫一样一跃而起，将潮生手里的鱼叼走了，他两口将鱼吃完，又留恋地舔舔手指，摸着圆滚滚的肚皮，惬意地岔开脚坐在地上。潮生坐在他身旁紧盯着他，阿绾心虚地挠挠头："我知道的也不多，总之就是这里的人犯下大错，天神降怒引发洪水将村庄淹了个干净。"他说得毫不在意，好像这只是件踩死蚂蚁这样的小事。

"人们犯了什么错？"

"不知道。"

"哪位神的旨意？"

"不知道。"

潮生沉默地看着对方，阿绾偏过头躲闪开他的视线。"我再也不会相信你。"潮生扭过身去。

阿绾赶忙摆手道："我是真的不知道嘛，我把我知道的都告诉你。"于是潮生又转过身来，阿绾苦恼地抓抓头发，想着该怎么搪塞过去，"啊，这里确实是女娲庙哦，芜州人每年都会来祭拜的地方。"

"可庙里的神像呢？"

"在山顶。"潮生疑惑地看着阿绾，怀疑对方又在耍自己，"是真的，我打算待会儿就带你去呢。"

"那现在就走吧。"潮生站起来，阿绾只好不情愿地站起来带路。

潮生走出来才发现庙宇早已坍塌倾斜，只剩断壁残垣，像一颗被人随手丢弃的石块，逐渐长满苔藓埋藏于荒草下，后被人彻底遗忘在深林里。

"凡人，跟上我。"阿绾鸟儿般灵活穿过四处横斜的朽木与枯草，欢快地走在前面。

潮生赶紧小跑两步跟上去："我叫潮生。"

"我知道。"潮生惊讶地看着前面的人。"我一直在默默注视着你哦。"阿绾冲他诡异地笑笑，那双琥珀色的瞳仁总是这样赤裸裸地打量他，看得他不寒而栗。"骗你的。"阿绾大笑起来。潮生只好无奈地加快步伐，跟上前面越走越快、让人根本无法猜透想法的妖怪。

他们越过一片潮湿的樟木林，终于来到山顶。那里果然有一尊与其说是神像，不如说更像一块巨石的雕塑伫立中央，爬满了藤蔓，它遭雨水冲刷、岁月磨平，如今根本看不出形状，四周环绕的高大林木几乎将它淹没。潮生看着石像发呆，心里怅然若失，他将手轻轻抚上这尊他遥想了十年的神像，庄重如他心中所塑。

"为何神庙倒在山腰，而神像却依然屹立山顶？"潮生转头问身边正踢着石子玩的阿绾。

"它不是神像，是原本就长在这座山上的石头，自大的凡人按自己所想改变了它的样貌，强行赋予它神像的身份。这座山也是。凡人为它修建的庙宇一经动摇便轰然倒下，人为的建造经不起风雨，属于自然的东西则永远不会消逝。这块石头也只是恢复了它原本的面目。"

潮生黯然神伤："原来只是石头啊，我所相信的一切也都只是我的自以为是吧。"

"不，它不只是石头。"阿绾把他拉到一旁，甩甩尾巴将石头劈开。

"你干什么？"潮生不可置信地看着阿绾，被芜州人奉为守护神的女娲像就这样轻易毁在他手里。

"有什么关系吗？它已经不再是神像了，没有人会再来祭拜它。眼下最重要的是让它发挥应有的价值不是吗？"阿绾弯腰拨弄那些破碎的石块，"被凡人寄予神意的它吸收日月精华，已经不同于普通的石头了，你看——"他拾起一块圆润如满月般的洁白玉石递给潮生，"它满足凡人的愿望，也吸纳凡人供奉的灵气，你带上它，会让你魂力大涨。"

潮生接过玉石。碎裂的石像里满是这样的石头，大小不一地迸发出来，散落一地。

阿绾欣慰地笑着点点头："好了，一切已准备妥当，你可以即日启程。下了山有一条渔船，它会载着你去到大陆那边，之后只要按照我的指示来做，你的仇便能得报。"

"能不能再让我去看看村子？"

阿绾思索片刻，答应下来："好啊，我现在就让你看看。"他挥挥衣袖，絮屿的模样便浮现在潮生眼前——近岸的海水被染成红色，族人一个个倒在沙滩上，潮生看着那么多亲切的面孔此刻已带着惊恐与怨恨坠落在他眼前，箭矢与长矛混乱地插在沙地里。他又看见了母亲，只有母亲微笑着睁开眼睛看他，美丽鲜活的面容让潮生以为她还活着，可母亲的嘴角凝固的血痂让他知道一切都已经不可挽回了，他现在唯一能做的就是复仇。潮生攥紧了拳头。阿绾看着面前不再哭泣的男子，带着肉食者捕捉猎物般的姿态眯起琥珀色眼睛，不动声色地舔舔嘴角，像是在等待一顿即将端上桌的美味佳肴。

潮生跟着阿绾下了山，山脚果然有一艘小船停在岸边，只是不见掌舵的人。潮生跳上船，伸出手要拉阿绾上来，阿绾背过手，摇摇头。

"为什么，你不与我同行吗？"

"我不能离开这座山，但我会一直看着你，化作其他事物的样貌陪在你身边，比如说——"阿绾冰冷的手指戳戳潮生的胸口，那里挂着玉石和母亲的项链，"我将一缕魂息寄托在玉石之中，你只要在心里默默呼唤，我便会出现帮助你。"

潮生独自踏上了远航的渔船。不知是不是因为阴天的关系，海水变得暗沉，海面不再有风浪，周围一片死寂，只有无人驾驶的小船轻轻划开水面，留下一串很快消失的波纹与汩汩水流声。潮生回头望，絮屿已相去甚远，孤零零的小岛浮萍一般地被夹在灰蒙蒙的天空与海水中，遗留在诡谲的寒气里。

4

小船一路向北驶去，直到海水变蓝，远处的海岸线越逼越近，飘着炊烟的城镇浮现在他眼前。潮生刚下船，便有一众士兵迎了上来，他抓紧胸口那颗玉石正要呼唤阿绾，领头的将士突然跪下来朝他行礼道："恭迎将军！"他身后的一众士兵也跟着半跪行礼道："恭迎将军！"

潮生手足无措地被扶上马车，他坐在不知要去往何处的颠簸马车上轻声呼唤阿绾："阿绾，你在吗？这是怎么回事？"

"只是加快了进程，不是什么大事。"阿绾用只有他能听到的声音平淡地说。

"我需要你的解释。"

"啧，总之我让你取代了这个位置上原本的主人，这样你便能更快地接近目标。"对方语气中透露着不耐烦，潮生似乎能看见阿绾暴躁地抓着头发的样子。

"原本的那人呢？"

"你一定要知道吗？这对你也无益吧。"

"不，我必须知道。"

"好吧，被我抹杀了。"

"抹杀？"

"就是不仅肉体死亡，还连同他在别人记忆中的位置一并消除，被你替代。"

潮生几乎要喊出来："为什么？！为什么要牵扯进一个无辜的人！"他极力压制住心中的怒火，转而陷入不解和悲痛。

"无辜的人？这位将军生前欺压百姓、强迫良家、官商勾结、无恶不作，人们对他恨之入骨。这样的人难道无辜吗？我只是无偿实现了众多凡人的愿望。你反倒指责起我来了？"阿绾也越说越激动。

潮生沉默了一会儿："对不起。但我不希望再有人因我而死了。"

阿绾赌气般地没有回应他，过了许久才说道："我会看着办的。"

马车终于停了下来，先前带头行礼的士兵为潮生拉开帘幕，扶他下车。面前是宏伟气派的将军府，与他上岸时看见的海边矮小房屋格格不入。

门口的管家一见到他便立刻迎了上来："潮生将军回来啦！"看来阿绾不仅让自己顶替了将军官职，连他在人们心中的身份形象也一同更改，这样倒确实为潮生省了不少麻烦，但他内心仍旧十分抵触。老管家将潮生带进府内："厨房已经备好晚膳，您是先用膳还是先沐浴更衣呢？"潮生这才想起自己已经在海上漂泊三天没吃东西了，虽说阿绾给他准备了食物，但都是些生鱼，根本没法吃。

他摸摸饿扁了的肚子，不好意思地朝管家笑笑说："那就先吃饭吧。"

"好，我去通知夫人。"管家将他领到客厅后便退了出去。

潮生点点头，随后震惊地喊道："夫人？"他慌张地呼喊阿绾："怎么回事？为什么还有夫人啊？"

"原本就有嘛，难道你要我把她也杀了？"

"不，我是说，那该怎么办啊？我根本没有经验，肯定会被识破的。"潮生这才意识到自己还是个刚满十五岁的少年，哪里考虑过会有夫人。

"你自求多福吧，你的夫人来了。"阿绾看热闹似的笑嘻嘻地对他说。

潮生慌忙端起桌上的茶水，挡住自己通红的脸庞，脚步声越来越近，潮生紧张地盯着门槛，一只小脚踏了进来，那人身穿多褶的若草色芙蓉纹罗下裙，腰间系鹅黄围腰，将柳腰衬得越发纤细，紫灰色绉纱镶花边褙子飘逸地垂下，让潮生想起了月光下青樵山头薄雾似的云彩。再往上看，粉面朱唇、样貌姣好的女子笑盈盈地看着他，潮生这才发现自己看得入了神，可他再仔细一看，那双善睐明眸间分明是琥珀色的瞳孔，于是他丢下茶杯，上前去抓住女子的手唤道："阿绾！"

女子疑惑地眨着眼睛，纤长的睫毛蝴蝶振翅般轻轻颤抖，螺子黛点过的蛾眉微蹙："大人，我是陇溪啊。"

潮生依旧紧盯着那双独特的琥珀色眼睛说："阿绾，别装了，我知道是你。"

陇溪被他按在原地，尴尬得不知说什么好，一旁的管家连忙出来解围道："老爷可能是太累了，一路上舟车劳顿，难免意识混沌，用过膳就让下人服侍您休息吧。"

阿绾也跳出来对他嚷嚷："愚蠢的凡人，你在犯什么傻啊！那不是我。"

潮生只好悻悻地松开手："抱歉，是我太累了。"

两人无言地吃着饭，其间潮生一直盯着陇溪，看得对方一阵脸红。"阿绾，真的不是你吗？"潮生又默默地问那块躺在胸口的玉石。

"都说了不是。"阿绾无奈地叹气。

潮生仔细地观察着眼前这个所谓的"夫人"，她约莫十八岁，虽样貌与阿绾有几分相似，但举止文雅，不像阿绾野蛮人似的粗暴，她会仔细地将鱼肉中的小刺挑干净，把鲜美的鱼腹夹到潮生碗里，见潮生还盯着自己，便不好意思地低下头小口吃饭。潮生只好收起炙热的目光，埋头狼吞虎咽，他许久未进食，已经饿到胃都没有知觉了，也不知道自己有没有吃饱，只是机械地大口吞咽着。

桌上的饭菜都是些他闻所未闻的珍馐，隆重节日里才能吃上一次的鸡肉如今也整只被端上餐桌，他来不及细嚼就把饭菜咽了下去，险些被噎着，身旁的女子便赶忙为他倒茶水，捏着藕荷色手帕的细指轻拍他的后背，笑着对他说："慢点儿吃。"

潮生不好意思地羞红了脸，闷声埋进饭碗里，直到肚子胀得滚圆，他才终于有了强烈甚至痛苦的饱腹感，知道自己再吃不下了。

饭后他被侍女带去沐浴更衣，这座宫殿般的四合大院内有那样多的房间与回廊，潮生觉得要是没人领着走，自己一定会迷路的。他换上柔软暖和的丝织寝衣，进了东院中央的屋子，侍女为他合上房门，退了出去。

潮生环顾四周，这间屋子大概就是主人的卧室，大得几乎要占据整个东院，然而这也不过是这座大院的其中一角而已。屋中央放着一张与刚才客厅里差不多大的圆桌，桌上摆了水果与茶盏。左边用珠帘遮起来的是书房，满目的书籍整齐摆放在靠墙的书架上，书桌上摆了砚台与笔架，竹卷小山似的码在一旁，四张木椅在书桌两边依次排开；右边的软榻也放了张小桌，棋盘上是还没下完的黑白子。潮生再向前走，屋子最里面就是红木雕琢的架子床，用素纱帐子围起来，床边有盥洗台和暖炉，难怪潮生只穿了单衣也不觉得冷。他看见温暖的床铺，只觉困意来袭，便掀开帐子，里面却还躺着一人，正是陇溪，对方似乎已经睡着了，没有察觉到他来。潮生吓了一跳，赶忙退出去，在一旁的榻上睡了一夜。

第二天潮生醒来时，发现身上盖了被子，想必是昨夜陇溪为他盖上的，他抓着被角又是一阵脸红，匆匆到盥洗台洗漱，抬眼时，潮生望见铜镜里的自己，感到有些陌生，他问玉石："阿绾，这是我吗？"

阿绾打了个哈欠，带着困意慢悠悠地说："哟，变英俊了？"

"到底怎么回事？"

阿绾没精打采地回他："你现在是二十岁哦。"

潮生仔细端详起镜子里的人，原来我二十岁时长这样啊，他想，便又看了好一会儿，看得镜子里的人不好意思了，才整整衣领推门出去。侍女站在门口请他去用早膳，还是在昨天的客厅，潮生跟在后头默默地把路记住。

陇溪已经坐在那儿了，见他来便迎了上来喊他："大人。"

潮生别别扭扭地同她一起坐上餐桌，早上吃的又是些大鱼大肉，潮生感觉昨天吃的还没消化完，便只喝了碗粥，对侍女说：

"这些留起来，我中午再吃。"

陇溪身旁的丫鬟笑道："中午还有中午的安排呢。您哪能吃剩菜啊，这些待会儿给院里的猫儿狗儿吃了。"

潮生咋舌："可我都还没动过，陇溪也没吃几口呢。"

丫鬟又说："您平日里不也是这样吗？今儿倒念起佛来了。"

潮生不说话，怕自己露了馅。

陇溪轻咳一声，拍拍身旁的丫鬟："大人说留便留吧，我也觉得倒了可惜。"又吩咐侍女道："中午让厨房少做些，把这些菜都罩好。"她笑着问潮生："大人一会儿同我到集市上走走吧。"

"阿绾，怎么办啊？"潮生拿不定主意。

"答应呗。"

于是潮生点点头，在三两随从的陪同下，和陇溪一起去到镇子中心。宽阔的街道上沿路摆开各类小摊，卖首饰的、捏糖人儿的，包子铺、茶水摊，铁匠与鞋匠，酒楼与旅店，看得潮生眼花缭乱，他极力抑制住想要惊呼出来、跑过去到处看的心情，只是面无表情地陪着陇溪闲逛。许多百姓热情地同他们打招呼："潮生将军回来啦！"大家看上去很是高兴。潮生便对他们点头致意。

"阿绾，你不是说人们对这位将军恨之入骨吗？"他有些不解地问。

"我将你在人们心中的形象、地位一同修改了，你现在可是万人敬仰的潮生大将军，感谢我吧。"阿绾骄傲地说。

潮生无奈地笑笑，陇溪以为他在笑自己，便摘下刚从首饰摊老板那儿接过的发簪，红着脸低头对他说："不好看吗？"

潮生意识到自己造成了误会，连忙摆手："不是的，很好看。"

摊主也出来打圆场说："夫人这么漂亮，戴什么都好看。"

潮生赶紧点头："是啊。你要是喜欢就买下来。"

陇溪被夸得不好意思，便把发簪递给潮生："那你帮我戴上。"潮生手忙脚乱地在摊主的指示下，把发簪斜插进陇溪乌黑的发间。虽然摊主执意不要钱，潮生还是让随从将银子递了上去。两人又逛了好一会儿才回到府里。

午饭和晚饭的菜缩减了一些，刚好够他们两人吃，大概是陇溪对厨房吩咐过了。晚饭时，陇溪的丫鬟端了一盏汤盅上来对潮生说："这是我们小姐特意为您准备的。"

陇溪听后羞红了脸，嗔怪道："翠儿。"

潮生也害羞地摸摸后脑勺，对陇溪说："谢谢你。"他用汤匙舀起一勺鱼汤，轻轻吹凉后细嚼进嘴里，那味道与母亲做的一模一样。

见潮生愣了半晌，陇溪担心地问："烫到了？还是做得不好喝？"

潮生从痛苦又甜蜜的回忆中回过神来，摇摇头："没有，很好喝。"他抱着汤盅将鱼汤一饮而尽，和着思念一起咽进肚里。

陇溪微笑着说："慢点儿，小心烫。"

晚上潮生还是睡在榻上，正要躺下时，陇溪跪在他身边，把他吓了一跳。"大人，您不喜欢我吗？"陇溪眨着小鹿般湿润的幽幽眼睛看着他，琥珀色的瞳孔让他又想起阿绾，他在心里默默呼唤那人，但阿绾大概是睡着了，没有回应他。

潮生僵直地坐起来，不知该怎么回答她。陇溪低下头："我知道这门亲事只是父母之命，您不喜欢我也没关系，我不会让您为难的。明日我便搬到西厢去，您在这儿住吧。榻上冷，大人不要着凉。"她将被子搬到潮生身边，转身离开，潮生抓住她的手腕："不是……这样的。"他悄悄叹了口气，拿出视死如归的气势从榻上起身。陇溪高兴地抱住他，又很快松开手说："对不起，我太高兴了。"潮生便像木板一样直挺挺地紧贴着床沿睡了一夜，陇溪也识趣地背对着他紧靠在另一边。潮生在心里欲哭无泪道：阿绾，我做的没错吧，我真的不知道啊。

潮生就这样在将军府里生活了一段时间，他觉得陇溪总是像母亲一样照顾他，她似乎很了解自己喜欢什么，会拉着他到镇上到处逛，带他看些他从没见过的新奇玩意儿；会变着花样给他做一些家常菜，她做的饭菜总是很合他胃口；会和他一起站在海边安静地眺望，潮生总是一望海的那头就陷入悠久的回忆，经常忘了时间，陇溪便在一旁默默地陪着他。慢慢地，他感觉自己与陇溪之间有一层薄冰在消融，只是他每天早上一睁开眼，还是会被不小心翻进他怀里的女子吓得心脏都要跳出来。

潮生经常会问阿绾："什么时候能报仇？"阿绾总说他太着急了。"战火还未烧到此处，战鼓一旦敲响，便是你报仇之时，现在先养足精神。"潮生只能急躁但无可奈何地在书房里消磨时光。陇溪见他闷闷不乐，便跳到他面前："大人，您教我写字吧。"潮生想说自己没心情，但一看见那双清明澄澈的眼睛便服了软，他点点头，握着陇溪有些冰凉的手，在纸上写下一个"仇"字。写完，他自己也愣了一下，为什么会写这个字呢？

陇溪像是看出了他的想法，把纸拿起来好好端详道："嗯，这个'仇'字写得好啊，每一笔都苍劲有力、入木三分，不知道的还以为大人您真的有什么深仇大恨呢。"见潮生不说话，她又接着说，"每个人心中都会有仇恨的种子，我也有，但是不管怎样，都不要陷入仇恨的旋涡。"潮生抬起头来看着她，这话与母亲说过的一模一样。他微微一笑说道："谢谢你。"但是母亲，这个仇我一定得报。

5

战争终于在第二年的春天打响，潮生应召出征。

临走时，陇溪拉住他的手："一定得去吗？"潮生点点头，她便扑进他的怀里，泪水滴进他滚烫的胸膛，"我和你一起去，我给你做饭，不会拖你后腿的。"

潮生仰起头，不去看她的眼睛："不行，战场上太危险了。"

"我不怕危险，只要能和你在一起。"陇溪踮起脚尖，捧起他的脸，看着潮生的眼睛说，"求求你，带我走吧……别再留我一人。"

像被施了法术，潮生一下子软了心，他问阿绾："可以吗？"

"你自己决定。"阿绾懒洋洋地回答他。

"我不能保证会护你周全。"

"没关系。"

"上了战场的人都会受伤，你也会。"

"我知道。"

"说不定哪一天我们就一起死在沙场上了。"

"那就叫人把我俩埋在一起。"陇溪真挚的目光直看到他的心里去，微微泛红的眼尾潮湿温热。潮生拥住花朵般纤细柔弱但毅然绽放的女子，紧紧牵住她的手上了马车。

他们在北方安营扎寨，抗击金人，凭借阿绾赋予的神力，潮生在战场上以一当十、横扫千军，他的队伍战无不胜，令敌人闻风丧胆，将士们拥护他，百姓叫他神将。每次打完仗回到营帐中，陇溪会担忧地为他检查伤势，心疼地替他包扎伤口，他安慰她道："没事的，我是神兵，是杀不死的。"

陇溪闻言便难受地落下泪来，仿佛受伤的是她自己。"不死也会疼吧。"

"不疼，一点儿也不疼。"

陇溪抓住他的手，在他手臂上狠狠咬一口，潮生倒吸一口凉气。她问："疼不疼？"

潮生笑着替她拭去眼泪说："你咬的才疼。"

陇溪又问他："你手臂上的这两个印是怎么回事？还有哪个女人咬过你？"

潮生连忙摆手："这是小时候被蛇咬的。"

陇溪"扑哧"笑出来："你命可真大。"

潮生便也笑着说是，抚上陇溪靠在他胸前海水一般柔顺的头发。

潮生一路过关斩将，皇帝很器重他，一切都如阿绾所说，超乎寻常地顺利发展下去，没有人有异议。直到皇帝派他到西北去抗击西夏，被奉为传奇的潮生的军队却一直被困绥州。严寒使将士们染上冻疮，战斗力大减。皇帝为鼓舞士气，御驾亲征，他带着国师走进潮生的营帐。

"臣昨日夜观星象，发现南方的翼火蛇星宿异动，臣又用龟甲占卜，卦象表明须得献祭一女子方可解这场战争的僵局。"当着潮生和陇溪的面，国师对皇帝说。

"朕的皇宫内美女如云，战争胜利后，你将喜欢的都挑了去。"

潮生还来不及反抗，陇溪便被绑着押上了燃着火把的祭台。她对潮生说："没关系的，如果献祭我能换来这个国家的安宁，能让你不为难，我愿意。我只要你别忘了我，能在路过我的坟头时插上一枝花。"

潮生推开人群，冲上去抱住陇溪："不要！"

"潮生将军，你有异议？"一旁作法的国师冷冷地看着他。

"放手吧，潮生。"陇溪笑着从他怀里抽离出去，像每个清晨她起床为他准备早饭时那样。

皇帝的士兵将刀架在潮生的脖子上，把他推下祭台。潮生攥紧握在手心里的玉石，跪在地上祈祷："阿绾，能不能请你救救陇溪？我愿用我的命换她的命。"

"凡人在出生的那一刻即已带上死亡的阴影，你也必死无疑。既如此，你又何必这般痛心疾首？"

潮生匍匐在地上："求求你，求求你……"

阿绾叹了口气，声音平静，试图说服他："这是这场战争的转折点，也是你复仇之路上最重要的一步棋。"

"一定还有别的方法吧，能够让她不死的另一条路。"

"潮生，你动了情？你不应该动情，从你与我签订契约的那一刻，你的心中便只应被愤怒填满，而不该容下其他感情。"

潮生听不进阿绾的话，只一个劲地乞求他救救陇溪。

"我说了我不会救她，你难道想违背契约吗？"阿绾有些不耐烦。

"好，我放弃复仇，只请你救她。"

阿绾突然暴跳如雷地叫喊起来："你打算背叛契约，把她救出悲惨的死亡，一个凡人，一个命中注定要死的凡人？哪怕你将魂飞魄散、万劫不复？"

"是啊，在你看来，凡人不过是蝼蚁，你看到人性的卑劣，人类的渺小与自私，人生的无奈与绝望。你自诩了解人类，但那不过是你所认为的人该有的样子。除了这些，人心中有最柔软纯粹的情感，掩藏在肮脏躯壳下的是最真挚的灵魂，胆小的懦夫也有愿意付出所有勇气的时候，凡人远比你想象的要高尚得多！"潮生也变得歇斯底里。

"好，那我就让你看看救下她的后果！"

漫天黄沙袭来，蒙住了所有人的眼睛。潮生感觉自己像是被抛弃在了旷野里，除了呼啸的风声灌入耳朵，他再没有其他知觉。渐渐地，风暴减弱，周遭恢复了平静。潮生睁开眼，自己正跪在絮屿的沙滩上，海水变成了黑色，周围只有森森白骨与飞翔的乌鸦，他又变回了十五岁的少年模样。

"阿绾！"他急忙掏出胸口的石头，但那只是一块普通得不能再普通的鹅卵石，掌心的黑色符文逐渐淡了颜色，只有阿绾咬下的两颗牙印还留在手臂上，似乎在无情地嘲笑他。

"阿绾，你在哪儿？"他蹚入冰冷的海水，游向青樵山，山脚下不再有荆棘，于是他爬到山上去，山腰的破败庙宇已彻底风化，被埋在泥土之下，山顶的石像也不见踪影，连一块碎石也不剩下。一切都像从未发生，并快速在他眼前毁灭。他终于知道自己被这位妖怪抛弃了。

复仇，然后找到阿绾。潮生心里只剩这两个想法。

没有船，他便赤膊游向北方，凭借惊人的毅力，他活着爬上海岸，把出海的渔夫吓得半死。他找到了当地的军队，士兵把瘦得不成人样的他推出军营。"滚回家去！"他把说出这句话的高大士兵撂倒在地，于是将军让他留了下来。他知道要让军营里的人看得起他得靠什么，他将军队里的人都打了个遍，直到再没有人敢当他的对手。将军把他叫到营帐内，问他："你叫什么名字？"

"潮生。"他回答。

他用了更长的时间、流了更多的血，才终于爬上原来的位置。他知道要杀皇帝光靠武力还不够，没有了阿绾的帮助，他无法轻易达成目标，他需要找一个可靠的帮手。他在宫内听闻皇帝有个宠爱的弟弟，名北恭，于是托人送礼约他出来。

他们在宫外的酒楼会面，潮生知道他是个纨绔子弟，准备了奇珍异宝打算献于他。身着青衣的少年蹦跳着上了楼，潮生转身正要行礼，却又看见了那双眼睛，他抑制不住激动，扑了上去，揪住对方衣领说："阿绾！你到底躲哪儿去了！陇溪呢？"王爷身后的侍卫立马把他按在地上："大胆狂徒，竟敢对北恭王爷无礼！"

北恭对侍卫摇摇手，让他放开潮生，然后饶有兴致地打量着他说："这位兄台，我们见过？"

潮生附在他耳边说："阿绾，我知道是你，这次我不会再被你骗了。"

北恭大笑起来："你这人真有意思！不过这个阿绾我实在不认识，等有机会你可一定要讲与我听听。"

潮生只好表面称他为北恭王爷，但他心里知道这一定是阿绾的伪装。

他与北恭很快便熟络起来，并劝诱这位愚蠢得可笑的小王爷调出虎符与皇帝分庭抗礼，北恭一口答应下来，过程顺利得让潮生不敢相信。

很快大战一触即发，皇帝在城楼正襟危坐，俯视着蚂蚁一般的士兵，他只当这是一场小孩子的闹剧，北恭王的十万骑兵还不足以撼动京城。

潮生带着士兵突出重围，杀到城门下，眼见城门即将被攻破。

"小心！"不知从哪儿冒出来的北恭猛然将潮生推开，替他挡下了从背后射来的箭。潮生踉跄几步，回过头时，北恭已被黑色的箭矢贯穿心脏，他的士兵冲上去将放出暗箭的敌人斩杀，潮生呆滞地愣在原地，北恭艰难地对他勾起一个笑，黑红的血便从他嘴里吐出来，同他母亲死时一模一样。

"阿绾！"琥珀的眼眸流星一般在他眼前坠落，他才反应过来，上前扶住那人。

北恭痛苦地倒在潮生怀里，脸色因失血而变得惨白，他抽搐着牵动嘴角："都说了，我不叫阿绾。"潮生颤抖着摇头，眼睛里也蒙上一层血色，他分明从北恭的瞳孔里看见了母亲的模样，噩梦般的回忆迅速将他困住。现在的情形与当年的絮屿何其相似，一切就像是轮回一般在他眼前重演，他必须在这一次的轮回中改写结局，他本应这样做的，可他又一次看见了同样的悲剧。

策划悲剧的主谋现在就在他头顶，漠然地俯视苍生。

北恭探出染血的手，抚上潮生的脸颊："没事的，潮生，我将我的血化作最致命的毒药，为你的箭镀上必死的契约，你只将它射出去为我报仇。"说完他便在剧痛中抽出身体里的箭，交到潮生手中，合上了眼，闪烁的琥珀色眼睛便黯淡了光彩，坠入深海之渊。

潮生抓着带血的箭矢，将怀中人轻放在地上。身旁遍地尸体，使他想起了絮屿的沙滩。"结束这一切吧。"他想着，用尽全身力量拉开弓箭，把所有的愤怒都融进这致命一击中，箭矢像光一般飞出去，将坐在高台上的皇帝头顶贯穿。

周围的一切都安静下来，刀剑碰撞的声音，冲锋士兵的呐喊声，阵阵擂鼓声，这些都像被夺去发声器一般戛然而止。周遭的一切也突然蒙上一层白光，流淌成河的鲜血、堆积成山的尸体，刺眼的白光吞噬了一切，晃得潮生不得不用手遮住眼睛。

"凡人，恭喜过关！"穿着白袍、披散黑发的阿绾逆着光缓缓落下，他对潮生张开双臂，像他们签订契约时那样。

潮生失神地跌坐在地上。一切都结束了吗？他看着白茫茫的世界，苦笑一下。

阿绾拍拍他的肩膀："完成得不错嘛！"潮生垂下头，没有理会他。阿绾也不管满脸是血、烂泥一般瘫坐在地上的人。"既然你的仇报了，我便也来履行我的权利将你的灵魂收走。"他朝潮生伸出手来，潮生突然抬头问他："是你吧？北恭是你，陇溪也是你。"阿绾吃了一惊，而后不以为然地耸耸肩笑了："是又如何？"

"为什么要这么做？"

"你总是这样，想要知道一切，即使这对你无益。"阿绾看着眼前严肃的男人，笑他无趣，"不过告诉你也无妨，反正你是个将死之人，我就大发慈悲，让你死个明白——为了刺激你愤怒的灵魂。

"我说过吧，最纯粹的情感与最真挚的灵魂能使我修为大涨，我做的这一切都只是为了让你更加憎恨大宋皇帝，提炼出最浓郁的情感，从而助长我的功力。不过这一切前期铺垫险些在那个叫陇溪的女子那里毁了，我以为能骗得过你，但没想到你对她动了真情，胆敢忤逆我。

"至于北恭，我见你已经识破了我的面目，便也懒得再装下去了。你为何能九死一生地从海里游到岸上来，为何能将力量悬殊的对手击溃在地，为何能如此顺利地来到京城……都多亏了我在暗中相助，不然就凭你，这辈子都别想爬上城楼。"

似乎对潮生险些违背契约很是生气，阿绾轻蔑地耻笑他，而后又扬扬得意地夸赞起自己的精妙谋划："虽然你没有每一步都按照我设下的棋局走，但好在最终结局还是同我预想的一样。你知道我为了你付出了多少吗？凡人的躯体肮脏又恶心，我强忍着才能努力装下去。我等了十年，如今也算是苦尽甘来，终于能够品尝到这纯粹的灵魂。"他的那双琥珀色眼睛毫不掩饰地流露出贪婪的欲望。

潮生大笑起来："好一个执着赤忱的海蛇！好一个工于算计的妖怪！"

阿绾也跟着笑："随你怎么说。"

"我最后再问你，你在百年前认不认识一个姓蒋的男子？他的右眼被你挖了去。"

阿绾闻言，脸上不禁闪过一丝错愕，而后坦然道："对，我与他签订契约，挖去了他的眼睛，并且让他在海岛上孤独终老，直到百年之后，死亡从海上安详地到来，却无人知晓，他会像人间蒸发一般，连一座属于自己的坟墓都没有。"

潮生冷冷地看着他："妖怪。"

阿绾没听见似的，再次对他伸出手："你的提问该结束了，我不想同你废话。现在就该是我摄取你灵魂的时刻了。"

潮生如释重负地闭上眼睛，接受命运的最终审判。他又看见了故乡，青樵山像是絮屿的坟墓，安静地伫立在狭长的小岛前，海水变成了黑色，冥河一般隔在二者之间。他正遥想着自己的最后一缕魂息漂洋过海重回故地，阿绾突然惊叫一声，潮生睁开眼睛，见他跌坐在离自己十米开外的地方。"怎会如此？"阿绾站起来，重新对潮生伸出手，摄取他的魂魄，但还没等他靠近，潮生身上便射出一道金光，再次将他弹飞开来。"凡人，你到底做了什么手脚？"阿绾朝他怒吼道。

潮生茫然地摇摇头，而后他恍然大悟地笑起来："你说凡人愚蠢，又说凡人工于算计，但真正愚蠢的是你，蛇妖，你千算万算，却没料想被自己设下的圈套算计进去了。"

"什么意思？"

"你还不懂吗？在签订契约时，你说直到我大仇得报、愤怒彻底消逝才能取走我的灵魂，我的仇虽然报了，可我的愤怒还尚存。"

"为什么？你不是已经杀了皇帝吗？"

潮生摇摇头："不，阿绾，我把最后的愤怒留给你，我恨你就像我爱你那般强烈。我要你再世为人，用你噬人之口声声嘶吼着说爱我，就像我今日说'爱你'这般。我的愤怒千年不息，直到你学会爱人，在尝尽你所鄙夷的凡人经受的一切苦难后依然满怀希望地活着……"

"住口。"

"直到你琥珀色的眼睛里流出黑色的泪，像夕阳坠入絮屿后不再流动的大海……"

"住口！"

"直到青樵山顶的最后一块洁白玉石无声地沉入海底，然后死亡如约而至。"

"住口！卑鄙的凡人！"阿绾冲上前，揪住潮生的衣领，琥珀色眼睛里布满可怕的血丝。

潮生微笑着注视他："来吧，将我拉出迷雾，让阳光泻照，使我重见天日。把我杀死吧，杀死在阳光灿烂的日子里，如果毁灭能够使你我欢愉。"阿绾红着眼瞪他，背着光的阴郁脸上看不出表情，于是潮生将魂力蓄于逐渐显露出黑色蛇形符文的右手掌心，一掌击碎阿绾在他体内埋藏的内丹，用带血的嘴角将全部魂息吐于对方口中。"我确实很卑鄙，妄图独占你，用爱将你禁锢，如今也只能用恨让你记住……如果可以，我死后不必埋葬我，让我的尸体被秃鹫和野狗叼了去，被留在空中与泥里，我便化作人间风雨陪在你身边。每一次我挥动我的手，你便会感觉有风吹向你的头，那时春风拂起，枝干便抽动萌发的新芽。"潮生终于微笑着闭上眼睛，咽了气。

阿绾垂下手，和那具冰冷的躯体一起倒在地上。白雾渐渐散去，战场上不再弥漫硝烟，人们纷纷倒下，只留他孩子般坐在地上放声大哭。

6

"爱是世间最恶毒的诅咒"，母亲，你说的没错。

阿绡想起了那个幽远的夏日——

"巽，不要到岸上去，不要爱上人类。"

不听话的小蛇还是近了岸，飒飒响的芦苇遮蔽它的身体，它躲在黑暗里，看围着篝火跳舞的人们，日复一日。直到有一天，树枝划伤了它的尾巴，把它挂在丛生的尖刺里，让它脱身不得，它想要呼叫同伴帮助，但它离海底太远，声音无法传递。

一个拾柴的男孩路过此地，听见了它的呼救。

"是你在喊救命？"他惊讶地说。

小蛇害怕得不敢动弹。男孩小心地将它捞起，用手帕包住它流血的尾巴。

"谢谢你，你想要什么我都会报答你。"小蛇感激地说。

男孩摇摇头，又点点头："那你能陪我说会儿话吗？"

小蛇犹豫了，母亲说过不要靠近人类，但它想这个孩子应该不是坏人，于是答应下来。

男孩说他姓蒋，在家中排行老三。别的孩子都不愿意和他玩，因为他是个跛子，他们叫他小瘸子。他又问小蛇的名字。

"巽，不要告诉人类你的名字，名字是建立羁绊的钥匙，每一次喊出你的名字，羁绊便会加深一重。"小蛇想起了母亲的劝告，于是胡乱编了个名字："我叫阿绡。"

"阿绡……是个很好听的名字。"男孩笑起来。

他们聊了很久，男孩对它说岸上的风景和人类的事，它听得入迷。直到太阳快要下山，他们才不舍地分别，并且约定明天还在这儿见面。小蛇让男孩不要告诉别人它的事，男孩发誓他死也不会说的。小蛇潜入海底时想，人类也不都是坏的，而且，它喜欢人类。

男孩有时会为它带来人类的食物，那是它从未想象过的美味，他讲春社节上的社戏，讲上元节的花灯。小蛇说海底实在无趣，没什么可讲，便为他唱无字的歌谣，和着潮水的声音与沙鸥的啼鸣。

他们逐渐长大，蒋氏很少再来找阿绾了，小蛇浮在岸边悄悄地看，少年一瘸一拐地在船上奔忙。到了晚上，海蛇突然有了一个大胆的想法，它躲在月光下树林倒映在海面上如蛇状蜿蜒的阴影里唱起歌，不一会儿便有人走过来，海蛇看见那个熟悉的身影，高兴地跃出海面，少年却不悦地看着它："要是被人发现了怎么办？"

"但是你已经好久没来找过我了，发生什么事了？"

少年叹气说道："我得帮家里做事，朝廷赋税逐年严苛，日子一天比一天窘迫，我们把土地上、大海里生产出来的都拿去，把家里的收入也尽数拿去交税，但还是不够……村子里许多乡邻辗转逃到外地去，一路上顶着狂风暴雨，冒着严寒酷暑，呼吸着带毒的疫气，往往又饥又渴地倒在地上，一个接一个地死去，尸体互相压着……"

海蛇听不懂，它知道少年很难过，却又不知该如何安慰他。"我来为你唱歌吧。"它说，于是用轻柔的歌声抚慰受创伤的心灵。

少年说："谢谢你。"他回到家去，父亲在柜子里翻找，看还有没有遗落在角落的铜板，母亲坐在榻上抹眼泪，大哥问他去了哪里，他只说在海边走走。

"马上又是交税的日子了。"屋内安静到能听见每一个人的呼吸。

"我听说皇帝下令征集一种黑质白章的海蛇，捕捉这种蛇的人，可充抵他的赋税缴纳，也不知我们这儿有没有。"

少年心里咯噔一下，声音颤抖地问："要这种蛇做什么呢？"

"据说把它晒干后拿来做药引可以治愈一切疾病。"

"可是它不是有毒吗？很难抓吧。"

"是啊，可是这也比苛捐杂税好多了吧……我也只是随口一说，毕竟我们都没见过这种蛇呢。"

少年低下头，内心复杂。

收税的日子很快到来，凶暴的官吏来到村庄到处叫嚷，交不起赋税的就被抄家一样地抢去家里值钱的东西，父亲为拦住官兵被狠狠打了一顿，从此卧床不起。少年在海边来回踱步，再回家时哥哥告诉他，母亲投海自尽了，他被打击得昏了过去，好一会儿才恢复意识。他走出家门，别家也不比他们好多少，原本富饶的村子已被盘剥得千疮百孔。他攥紧拳头，咬咬牙，对村民说出了海蛇的秘密："它们就聚集在神山脚下。"那是阿绾告诉过他的。

人们重拾起生的希望，纷纷下海捕蛇。但海蛇善于躲藏，人们根本抓不住它。有人提议把神山前的海水烧干，把蛇都逼到陆地上去。少年想要阻止，但无限渴望活着的人们哪里还管他的劝告。疯狂的人们燃起火把前往神山，已经无人再想起山顶还有他们世代供奉的女娲庙。大火烧了三天三夜，海蛇逃离燃烧的神山脚下，往岸上游，上岸的海蛇便像瓮中之鳖被人类轻易捉住。

少年躲在屋子里，仿佛听到了阿绾的哭泣，他想着至少要救下阿绾，便出了门。人们还沉浸在飘飘然的喜悦中，不知身后的滔天海水正像一头巨兽般袭来。少年在惊涛骇浪中浮沉，意识逐渐模糊，在闭眼前，他似乎看见一条海蛇向他游来。

"为什么？为什么要这么做！"耳边是阿绾撕心裂肺的哭诉。

少年只能不住地道歉："对不起，对不起……我们只是想活下去。"

"海蛇一族就不想活下去吗？！"阿绾一闭眼就想到在沸腾的海水里被煮得皮开肉绽的同伴，母亲和几位长老以生命为代价召唤出巨浪，保护仅存的几条海蛇。

"对不起，我该死。"

"你当然该死！但我不会让你就这么死去。你当初救过我，所以我也饶你一命，今后我们便两不相欠。但因你而死的海蛇，我不会替他们轻易放过你，我要你尝尽亲族被杀、孤独终老的滋味，你会在这座岛上苟活百年，然后无声死去，没有人会记得你。"

阿绾说着便咬下他的右眼，让他躺在浮木上，直到海水退去。

"巽，不要到岸上去，不要爱上人类。"

从海蛇躲在飒飒响的芦苇后看人们围着篝火跳舞的那一刻起，它便偷偷地羡慕人类，并爱上了他们。

五个苹果

  老张像往常一样抓起摩托车钥匙，打开门时，儿子跑到他身边，扯住了他的衣角，两只黑葡萄似的眼睛盯着老张，小心翼翼地说："爸爸，今天您能不能不出去。"平日里儿子会帮他打开门，稚气地说："爸爸再见！爸爸早点回来。"今天乖巧的儿子却一反常态不让自己走了。老张蹲下来，抚摸着儿子翘起的头发，像在熨平起皱的衣服，轻声问道："儿子，怎么啦？爸爸要工作呀。"儿子低下了头，小声说："爸爸，今天是……今天是儿童节。"

  儿子把"儿童节"说得极小声，老张是通过儿子的嘴形才判断出"儿童节"三个字。"哦，是儿童节呀。"老张恍然大悟。这个城市的地图他熟烂于心，就连那些没有名字的背街小巷也像老朋友一样熟悉。但是他却时常忘记时间，忘记今天是什么日子，甚至忘记自己吃过饭没有。

  "班上的小胖和小美说他们今天会和爸爸妈妈一起去游乐园。我不去游乐园，我只要你在家里陪我。"儿子噘着嘴巴说。老张笑了。儿子又说："半天，就陪我半天，好吗？"儿子扑闪着水灵灵的眼睛，一副可怜巴巴的样子。老张心里很不是滋味，以前"六一"儿童节的时候，儿子就指着墙上的挂历问他："爸爸，这是什么节日？我能过吗？"老张总是骗他说："等你长大了，上学了，就可以过了。"就这样搪塞过去了。现在不行了，儿子上了幼儿园，学校特意放了一天假，老张知道骗不了儿子了。老张说："不行呀，爸爸要工作呀，要挣钱养活你呀。再说，不是有妈妈在家陪你吗？"

"可是，可是……"儿子失落地耷拉着脑袋。

老张拍拍儿子的背，说："放心，爸爸今儿早点回来，给你带好吃的回来，好不好？"

儿子的眼睛立马就亮了，高兴地说："真的，爸爸？"

老张说："真的，爸爸不骗你。"说完站起身出了门，他知道背后有一道殷切的目光正送他离开。

太阳把火焰倾泻下来，柏油路劈里啪啦地燃烧，路面已被烤化，黑色的路向前流淌。

李老汉挑了个阴凉地开始张罗他的水果摊。水果被他堆成了一座小山，像金字塔一样耸立，最好看的水果放在最上面。大部分水果放在袋子里，万一有什么突发事件，逃跑时也能快一些。摆摊就像做贼，时刻得眼观六路耳听八方。李老汉跟别人还不一样，别人躲城管，被抓住了大不了罚点款了事，他不仅要躲城管，最重要的是要躲儿子，如果让儿子的同事知道他有一个乱摆摊的爹是很没面子的事。儿子在城管办工作，一直阻止他在街边摆摊。李老汉一个人在家里闲不住，嘴上答应着，却还是偷偷地进一些瓜果到街上卖。

现在的生意难做，李老汉一天到晚忙下来没落下什么钱，要说赚钱也就是赚了顾客挑剩的一些瓜果而已。州城这座城市没有一丝人情味，表面热情实则陌生，就像那些城管一样，看似一切都是照章办事，其实就是没有人情味。不是每一个人都有钱光顾那些商场超市，低收入人群才是这个城市的主流，他们只能在地摊上消费，可这座城市却没有给地摊容身之处。

路上除了阳光，什么也看不见，人不知道去了哪里，这仿佛是座空城。李老汉把指头放进嘴里蘸点口水，开始数那些皱巴巴脏兮兮的纸币，纸币被整理过几遍了，按额值分好，然后把硬币也摞成堆。这些钱他已经数过好多遍了，依然乐此不疲。数钱时，李老汉很有成就感。

阿成接到通知说，上级领导要来检查市容环境，要他马上做好迎检准备。最近在搞什么城市品质提升，他又刚升为中心片区小队长，工作自然压在了他身上。今天他请了一天假，他早就答应陪儿子到动物园玩，可领导的电话一个劲地打，他不得不再次骗儿子。

阿成决定坐摩的去单位，这样比坐公交要方便得多，想想自己一个抓摩的的城管也会坐摩的，阿成不禁笑了。阿成问了好几个摩的师傅，他们一听要去城管办，立即要阿成下车，说什么也不拉他去。这些年城管的负面新闻很多，给人们留下了不好的印象，如果说城管是摩的师傅的克星，那么城管办就是他们的修罗场。阿成能理解他们的难处，快快地下车，然后开始拦下一辆摩的。

阿成拦住了老张："城管办，多少钱？"

老张脱口而出:"五块。"五块是起步价,路程远一点会再加钱,城管办不远,开过去要不了二十分钟。话说出口后老张才反应过来,摆着手说:"什么?城管办?欸,不去不去。"

阿成说:"八块?"

八块相当于平时拉两趟客了,这点距离八块钱还是很有吸引力的。老张有些动摇了。这个上午,老张只接了三单生意。他想了想,说:"行,不过我不能把你送到城管办门口。"

阿成一屁股坐上车,有些不耐烦地说:"行行行,快走吧。"阿成主要是怕老张反悔不拉他了,赶紧催促老张开车。

"小伙子,去城管办干什么?"

"哦,我去缴罚款。"

"缴啥子罚款?"

"唉,我在路边摆摊被他们抓了,东西没收了,要交二百块罚款才能领回被扣的东西。"

"这些城管太狠了,还给不给我们老百姓一点活路呀。"老张愤愤不平。

"唉,他们也有难处,上面压得紧,不干也不行。"

老张想想也是,没有吱声了。老张在离城管办五十米开外的地方停了下来,阿成递给他钱时说:"最近上边查得很严,你可要小心点儿。"阿成不知道自己为什么会对一个摩的司机说这些,也许是因为他们有一些相似,他的父亲不是也整天在躲避城管吗?

太阳一点点西斜,温度却丝毫没有下降,蒸笼一样灼烤着。没有了车顶遮阳伞的遮挡,阳光肆无忌惮地斜射过来,老张的皮肤像被抹上了辣椒。一阵风吹来，夹杂着汽车尾气的热浪，老张嘟着嘴吹气，似要把那热浪吹走。他从车篓里取出保温瓶，猛灌了几口凉水，顿时觉得心里舒坦多了。

这时路上的人多了起来，像是听了什么号令，同时出现。老张立即堆满笑容，热情地问路上的人："老板，坐摩的不？"很多人对他是不予理会的，老张的热脸贴在了冷屁股上。好在这样的场面早已见惯不怪了，老张丝毫不觉得难堪，仍然会重新堆起笑脸。有时有些人会礼貌地摇摇头说："不用。"他就笑呵呵地说："谢谢！"谢什么呢？他感到莫名其妙，或许是谢谢他们给了他一点尊严吧。有些打扮得流里流气的年轻人会粗鲁地让他滚，他也只能灰溜溜地走开。除了忍气吞声，他别无选择。

现在的摩的生意越来越不好做了，很多没有学历没有技能年龄又大的人加入摩的大军的行列，街上到处都是摩的在揽客，最近还出现了特别火的共享单车，竞争愈发激烈，摩的司机为抢一单生意动手的现象屡见不鲜。好多摩的司机把气撒在共享单车上，不是趁人不备把共享单车推倒，就是把单车丢在草丛中、臭水沟里。

老张骑着摩托沿着路边行驶，像猎人一样搜寻目标。

老张一眼就瞅到了李老汉的水果摊，那苹果又大又红，光是看着就能想象得到这苹果的味儿有多香甜。老张把摩托开到李老汉的水果摊前，"吱"的一个急刹，吓了李老汉一跳。

老张问："苹果多少钱一斤？"

李老汉马上由惊吓转为惊喜了，张开五个指头说："五块钱一斤，不还价。"

老张咂了咂舌，说："这么贵，还不还价？"

李老汉说："这你还嫌贵，你到超市里看看，像我这样的苹果至少要八块钱一斤。"李老汉左手拿起一个苹果递给老张，右手指着苹果说，"你看看你看看，我这可是有机苹果，没有打过药，上面也没有打蜡。"

老张很少买苹果，但是他知道现在的人时兴吃绿色食品、有机食品，只要贴上这样的标签，身价立马噌噌往上涨。老张摸了摸裤袋里的钱，厚厚的一沓，今天拉了有十几个客人吧，他估算一下，差不多赚了一百块，但是给儿子买这么贵的苹果他还是有些舍不得，老婆周末会去超市里买特价苹果，一削去破损处，只剩下半个苹果了。老张想到今天是儿童节，咬咬牙说："那给我称两斤吧。"

李老汉挑了四个最大的苹果，故意把秤杆弄得翘翘的，说："两斤多一点，算你两斤吧，十块钱。"

老张说："不会吧，四个苹果都有两斤！"老张知道地摊上的东西虽然比超市里便宜，但是斤量是不会给足的，卖东西的秤都是七两制的，四个苹果说破天也不可能有两斤。

李老汉肯定地说："放心好啦，两斤绝对有。"然后又挑了一个小一点的苹果塞进袋子里，说，"唉，算了算了，再加一个给你。"

老张掂了掂袋子，觉得也差不多了。他很满足，眼前浮现出儿子幸福的笑脸。

小王把两腿架在办公桌上划着手机，伟东正在电脑上打游戏。阿成走了进来，故意大声咳嗽几下，他们躲避不及，吓得脸色都变了，他们以为阿成休假了就可以马放南山，没想到阿成会在这个时间突然出现。慌乱中，小王的手机掉在了地上。

阿成生气地说："都什么时间了，你们到现在还没有出去。上面的领导马上过来检查，赶紧巡逻去，现在马上，听到没有！"

小王捡起手机说："好的，队长。"小王和伟东小跑着到了巡逻车旁，而后又不慌不忙地抽起了烟，他们知道所谓的"马上过来"的领导一定会比他们晚到，有时他们在现场等上一两个钟头，领导才腆着肚子在一群马屁精的前呼后拥下过来检查，他只是这里看看那里指指，拍几张照就上车走了，有时根本就不下车，从他们面前呼啸而过就算检查了。抽完烟，小王开着巡逻车慢悠悠地出去了。

天热得人心里直发慌，像肚子长满了草，想薅掉却不知从何下手。小王本想在路边买一碗冰镇西瓜的，可小贩远远看到他们就把冰柜往屋里推，弄得他不好意思去买了。

中心区人头攒动，密密麻麻的，那些流动摊贩个个满头大汗，身上的衣服没有一处是干的，每一个摊位都被一群人围着，年轻人是在买烧烤，中年妇女们则是在争抢着一堆廉价的衣物，为一两块钱争得面红耳赤。

小王的巡逻车开了过来。不知是谁喊了一声"城管来了"，街面乱了，像一群蚂蚁突然被人触碰了一下，队伍立马就散了。这些小贩平日里为了一单生意常常掐架骂街，但是一看到城管来了，他们马上又变成了难兄难弟，在"逃走"之际还不忘提醒其他同行快跑，好似结为同盟，共同进退。往往城管的巡逻车还没有开到，小贩们早已收拾好东西作鸟兽散了。

"城管来了。"老张的第一反应是加大油门向前窜去，车开到前面那条巷子就没事了，这是他在多次"战斗"中摸索出来的，以前没有经验的他为此付出了沉痛的代价：一辆崭新的摩托车被没收了。后来他学精了，买摩托只买二手的，便宜，就算运气背点儿被没收了，损失也不会太大。

　　前方二十米处就是巷子了。老张吁一口气，有一种尘埃落定的感觉，很得意地回头看了看。一辆泥头车伴随着刺耳的喇叭声呼啸而来。

　　刹车声。惊叫声。惊诧的目光。街面突然安静下来。一切都静止了。人们惊得张大了嘴巴。

　　摩托车倒在地上，后轮还在孤独地旋转。车篓里剩一个红色的破袋子。那几个红彤彤的苹果骨碌碌地滚动。最小的那个苹果滚在一摊血迹里，在阳光的照射下愈发鲜艳，像一幅静物画。

乞力马扎罗的豹子

　　乞力马扎罗是一座海拔五千八百九十五米的常年积雪的高山，据说它是非洲最高的一座山。西高峰被当地的马塞人称作"鄂阿奇—鄂阿伊"，即上帝的庙殿。在西高峰的近旁，有一具已经风干冻僵的豹子的尸体。豹子到这样高寒的地方来寻找什么，没有人作过解释。

——海明威《乞力马扎罗的雪》

　　"你知道那只豹子吗？"

　　什么？

　　"乞力马扎罗山上的那只豹子。"

　　怎么了？

　　"想听听他的故事吗？"

　　好啊。

　　那只豹子原本生活在动物园里。他的皮毛是那样美丽，像金丝线织成的布匹一样油亮光滑，前来欣赏的人无不发出赞美之声。人人都想得到他，但他是只属于动物园老板一人的。

他从小时候起就跟着老板，老板说他是被父母遗弃的孤儿。老板在野外打猎时发现了他，瘦小的他躺在灌木丛里，几乎被荒草覆盖，虽然已经奄奄一息了，但他金灿灿的皮毛一眼就抓住了老板的心，老板把他带了回来。老板说，若不是他收留了小豹子，他那时一定早就被老虎吃了。但他宁愿被老虎吃掉。小豹子被救了回来，老板也给了他最好的待遇——他有一间自己的笼子，笼子很大，像间温室，里面有花草树木，而且，老板还允许他自由地进出笼子，每当他出了笼子在外面游荡时，总会接收到同类或羡慕或憎恶的眼神——但他仍然不满足于此，他想一定还有什么东西是他真正要追求的。

在他还小的时候，老板会把他抱在怀里，轻轻地抚摸，为他顺毛，那时他还没有力量反抗，只能任他摆布。老板也会对他进行严格的训练，老板请来最好的驯兽师，让他表演、锻炼。动物园后面有一块很大的草场，豹子每天就在那里奔跑——同类在休息时，他在奔跑；同类在笼中讨好人类时，他还在奔跑。他不想像同类那样，做只会冲人摇尾巴的宠物。很快他便拥有了健美的肌肉和充满侵略性的眼神。老板看着野性大涨的豹子，像是欣赏一件艺术品，眼里满是狂热。

后来强壮的青年豹子学会了反抗，当老板再要驯化他时，他会低吼着拱起身子，虽然他为此挨了不少鞭子，但他总算摆脱了人类侮辱性的折磨。老板也知道管不住豹子了，便任由着他来，只要他还在园子里。

一只从东方来的小鸟误入动物园中，他飞到豹子的笼子中，站在棕榈树的枝上对豹子说："嘿，我迷路了，能在你的树上歇一会儿吗？"

小鸟不知道这是豹子，在他的家乡可没有这样凶猛的动物。豹子有些惊讶地抬头看着这只通体白色的小东西，从来没有动物敢进他的笼子，他只一个眼神，那些动物便落荒而逃。他甩甩尾巴，表示他随意，而后豹子便绕着树丛开始躲避练习。

"哇！你的速度真快啊，比鹰还要快。鹰是我见过最快的啦，大家都这么说。"

豹子不理会他。

"你有参加过速度竞赛吗？在我们家乡就有哦，好多鸟儿都会参加，鹰每次都是第一呢……你应该去更广阔的地方奔跑。"

"后面有一块很大的草原，你来的时候没有看到吗？我每天都会在那奔跑。"豹子终于开口了，带着点夸耀的意味。

"不，那不是草原。真正的草原一眼望不到头，它像天空一样无垠，像大海一样宽阔。那才是你该去的地方。"

豹子停下来，他看着小鸟："你见过？"

"当然啦。我飞了好远好远，几乎穿越了半个地球，沿途的景物我都记住了。"小鸟张开翅膀，似乎正在想象自己高空飞翔时的姿态。他的羽翼是淡淡的粉色，比非洲菊更素净，那是豹子从未见过的色彩。

"喂，豹子，那是谁？"猎狗从豹子的笼前经过，他是豹子唯一的朋友——豹子是不屑于与其他动物交朋友的，但猎狗不一样，他有着像豹子一样尖利的獠牙、结实的肌肉和乌黑锃亮的皮毛。他身手矫捷，经常随老板一起外出打猎，就是他发现了小豹子。对豹子来说，猎狗亦师亦友，他教他如何快速出击，咬住猎物的脖子，一招致命，他也会跟他讲与老板打猎遇到的趣事，讲草原，讲森林，讲动物园外的事。

"没什么，一只路过的小鸟。什么事？"豹子挡在猎狗面前，似乎并不想让他看见小鸟。

"我刚才听到老板说，最近好像要来一位重要的客人，驯兽师应该要来了，你这几天小心些，别惹恼了他们。"

"我会自己看着办。"

猎狗走了，小鸟从树上飞下来："那只狗是你的朋友吗？真威风呀！比我们家乡的柴犬英俊多了。你叫豹子？我还从来没听说过呢。那你认识山猫吗？你和他真像。"

"你什么时候走？这儿不是你该待的地方。"豹子打断了他无意义的闲聊。

"哦，我迷路了。你知道东方在哪儿吗？"

"太阳升起来的地方就是东方，或者说，你跟着落下的月亮一起走吧。"

"可是这里风沙迷眼，吹得我晕头转向。或许，我可以在这儿待到风沙停了再走吗？这里的风沙什么时候才能减弱？"

"来不及了，你必须现在就走！"

"为什么？"

"嘘！快躲到树上去！不然我就吃了你！"豹子龇牙，恶狠狠地对鸟儿说。

"哦！好吧。"小鸟十分不解但又不得不听从，赶忙飞到棕榈树茂密的枝叶间藏匿了踪影，生怕下一秒就真进了豹子的肚中。

"嘿，我的宝贝儿，我来看你了。"豹子闻声拱起背，满是戒备地盯着这位不速之客。"哦，放松点儿。"老板举起手，示意他冷静下来。但豹子才不会听他的。"好吧，虽然你自由惯了，但这次你必须乖乖听话，我有很重要的客人要来，要是搞砸了可是会很难看的。"老板挥挥手，他背后的驯兽师便拿着铁笼走了出来。

"来吧，伙计，快进来，我可不想用鞭子抽你，伤了你那美丽的皮毛，明天给客人展示时可就不好看啦。"驯兽师冲豹子招招手，像逗小狗一样，豹子可受不了这样的驯化，发出嘶嘶声表示反抗。

"快进去！"驯兽师逐渐失去耐心，与几个人一起抓着豹子的项圈往笼子里拽，豹子则四脚用力地抠住地，地面上留下几寸深深的爪印。

眼见着豹子的前脚掌已经进了铁笼，小鸟突然从树上俯冲下来，像利箭一样朝驯兽师飞去："你这家伙，快放开我的朋友！没看出他不愿意吗？只要他不想，没有人可以把他关进笼子！"他拿尖尖的喙去啄驯兽师的眼睛。

驯兽师连忙挥舞着双手驱赶小鸟："哪儿来的臭鸟！快滚开！"

旁边的人想要抓住小鸟，却都被他躲开了。豹子挣脱了束缚，他看着几个人被小鸟耍得团团转，心里竟生出崇敬之感。

"天哪！这是朱鹮！快抓住它！"老板看清那鸟后眼里放光，发出惊呼。

"快走吧！别管我了！他们要抓住你做成标本！"豹子冲小鸟喊道。他知道，不属于这里的鸟活不长的，人类会在它们尚且美丽时把它们做成标本，以永远封存这份美。

"可是……"

"快飞啊！飞出笼子，朝太阳升起的地方飞！"

眼看着小鸟就要被抓住了，豹子突然冲过去，把那些人撞出好远，那是他第一次向人类露出獠牙。

"飞吧，别再回来了。"

小鸟振翅向豹子不能抵达的天空飞去。豹子突然明白了自己内心深处一直空缺的地方应该用什么填补了，是真正的自由啊。

驯兽师从地上爬起来，他生气地拿起鞭子，把它在空中甩直，发出咻咻的声响。他拿鞭子的手朝豹子挥去，豹子没有躲闪。

"住手！"老板抓住驯兽师正落下去的手，"伤到皮毛可不行。"

驯兽师恶狠狠地咬牙，收起鞭子，不服气地退到一边。

"嗯，既然这样，我的宝贝，你知道我可不想拿你当实验品，但你如此不配合，那就只好用那个方法了。呵呵，期待明天你的表现咯。"老板脸上泛起诡异的笑容，眼里闪烁着期待的光。"驯兽师，我们走吧。"

"是。"

他们走了，并且把笼子锁了起来。这还是豹子第一次被锁，他冲到门边咬住栅栏疯狂地摇晃着，企图把门打开。

"哦，宝贝，别急，我会放你出来的。"老板回头冲豹子笑笑，那笑让豹子不寒而栗。

一行人走远了，豹子停下无谓的反抗，老板的那些话让他完全摸不着头脑。什么实验品？为什么要锁住他？他怎么也想不明白，不过一定不是什么好事情。

天色渐渐暗了下来，豹子踱步到树下，他卧在地上，呆呆地望着天空变换颜色。鸟儿怎么样了呢？飞出动物园了吗？他脑海里又浮现出小鸟向着遥远的苍穹飞翔的自由模样。想着想着便睡过去了。

豹子做了个美梦，他逃出了动物园，他跑到真正的草原上，那是像小鸟说的那样，比天空、比大海还要宽广的草原。他自由地奔跑，他与老虎赛跑、与鹰比赛。小鸟落在他的肩上，夸赞他说："豹子你真厉害，你是我见过速度最快的动物啦！豹子，豹子……"

"唔，小鸟，你干吗啄我呀？"

"豹子，快醒醒，快醒醒。"

豹子感受到了真真切切的痛，便从美梦中醒来，睁开眼睛却看到小鸟落在他面前。

"你怎么回来了？快逃走呀。"

"不，你救了我，我要带你一起走。一起逃吧，逃往东方去，那里没有猎枪。去我的家乡看看吧，你一定会喜欢上那里的。"

"不，小鸟，我不能离开非洲，我会死的。"

"那至少你要逃出动物园，逃到草原上去。"

"我被锁住了，他们明天要抓我去做实验。"

"什么实验？"

"我不知道。"

"我会陪着你，我在树上陪着你，等时机到了，我们就逃走。"

"你走吧。"

"不，我要陪着你。"

"好吧，但是你一定要藏好，不要被他们发现了。"

"放心吧，我躲在棕榈树最茂密的枝叶间，他们看不见我。"

小鸟飞上树去，豹子见他铁了心要留下来，便不再劝阻。他有些疑惑，小鸟为什么要这样坚持呢？没有人会无条件地对别人好吧。其他的动物自是不用说了，他们根本不敢靠近他，而人类讨好他是因为他美丽的皮毛，连猎狗最开始也是因为老板的命令才会跟他一起玩。可是小鸟呢？仅仅是因为自己救了他吗？可小鸟也是为了救他才会被抓啊。他想不明白，但他觉得小鸟一定不会害他，这是一种没由来的信任，对这位从东方来的神秘客人的信任。

豹子再次睡去了，继续他的美梦，尽管明天等待他的是未知生死的命运。

第二天一早，豹子醒来，发现笼子还是锁上的，他不再撕咬无辜的铁笼。与其浪费力气做这些无用功，不如在笼子里练习，为有朝一日逃出笼子做好准备。中午的时候，老板派人送来了一匹肥美的野马，他满含笑意地看着进食的豹子："多吃点，小家伙，养足了精力，下午的表演才精彩呀。"

豹子吃到只剩一条腿时，才想起身后树上的小鸟，他缓缓地转头，对上小鸟复杂的眼神。

"对不起……"

"不，这是你的生存法则，我知道的。山猫有时也会吃掉我的同类。"

"但我绝对不会吃掉你的！"豹子激动地抢在他下一句话前面说道。

小鸟笑了："是吗？"

豹子不再吃食了，他舔干净嘴角的血迹走到树下："他们下午可能会来抓我去表演，你就在树上不要动。没事的，在我的皮毛还有价值之前，他们不会伤害我的。"

小鸟答应了。

下午，驯兽师来了，他打开笼子，对豹子说："去吧，到草原上去奔跑吧。"

豹子虽不知道他们在搞哪一出，但他听到草原、奔跑，便本能地冲出笼子，向动物园后面的草场跑去。

草场是昨天刚修过的，闻起来有青涩的草的香味，平整的土地上是整整齐齐的绿色的青草茬，踩上去会有沙沙的声音，草皮磨着他的肉垫，很舒服。他一踏入草地便像脱了缰的野马，撒起欢来。

过了好一会儿他才意识到不对劲，有人的声音，不是一个人，是一群人。他站住脚向两边看去，却见四面的高台石阶上都坐满了人。面北的最前面、最中心的位置坐的就是老板，他旁边还有几位戴着高帽的贵族。人们都紧盯着豹子，面露狂热之色。老板也笑着点头，应和贵族的夸赞，他的眼睛始终看着豹子，满是欣赏与得意。

驯兽师牵来一只黑豹从豹子的对面入场，观众席迅速爆发出一阵欢呼。驯兽师抚摸着黑豹的头，附在他耳边不知讲了些什么，又伸手指向豹子，而后便匆匆离场。

还没等豹子反应过来这是怎么一回事时，黑豹便突然冲了过来，对他亮出獠牙，还好豹子平时的躲避练习让他条件反射地躲闪开来了，不然那一口下去，一定会将他的耳朵咬掉。他认识这只黑豹，他的皮毛乌黑油亮，是仅次于他的美丽皮毛。他知道黑豹一直把他视为眼中钉，似乎是因为老板更喜欢他一点，尽管黑豹拼命地对人类摇尾巴，讨好主人，但老板就是更青睐自己一些。豹子曾表示过自己不想参与这种无聊的争宠游戏，黑豹却认为他这是瞧不起他。豹子确实看不起黑豹这哈巴狗一样的可笑行为。

"喂！快停下来！你疯了吗？"豹子对黑豹怒吼道。

黑豹似乎听不到他的吼叫，接连向他发起攻击，他只得躲闪。黑豹一个巴掌拍来，划伤了他的皮，鲜血顺着爪印的方向滴下来，人群一阵惊呼。

豹子看着黑豹那充满杀气的眼神，还有观众席上疯狂的人们，他突然意识到，这根本不是什么草场，而是一个斗兽场！猎狗跟他说过，这是贵族们的新消遣——把野兽甚至是人关在一起，让他们互相撕斗，直至剩下最后一位活着——也就是说，今天他和黑豹只能活一个。

就在豹子思索间，黑豹又是一阵猛攻，豹子身上多处负伤。他看向观众席，几位贵族摊开手，似乎在问老板怎么回事，老板则示意他们再耐心等等。原来这就是他说的表演，还真是残忍啊，豹子想，那么黑豹，对不起了。

为了逃离这里，他必须配合完成这场演出。

豹子低吼着拱起背来，进入了战斗模式。老板欣慰地笑着看着他，期待他的精彩表现。

豹子虽然拿出了全部的力气对抗黑豹，但他没想到，平日里只会对人摇尾巴的黑豹竟有着惊人的战斗力，强大得似乎已经不是他了。几轮下来，双方都身负重伤、气喘吁吁，观众们却是兴致勃勃、连连叫好。

太阳要落山了，天空被染成血一样的红色，空气中的血腥味好像也越发浓郁了。豹子只觉得头昏脑涨，刚才黑豹那一掌几乎要把他的头骨拍裂，他知道要速战速决了，再拖下去，被耗光了力气，他就完了。

豹子想起了猎狗教他的那招，他迅速绕到黑豹的身后，在黑豹转身时从侧边对准他的脖子死命地咬住不放。鲜血的味道充斥了整个口腔，一想到这是同类的血他便反胃，但他不能松口，他一直咬着，直至黑豹发出最后一声呜咽、不再动弹，才慢慢松开。

人们纷纷站起来，为这位最后的英雄鼓掌。他看着人们赞许的目光，心中却是不解与愤怒。

累得倒在地上无力挣扎的豹子被送回笼子，老板和驯兽师很高兴，给了他一整头公牛作为晚餐。

小鸟看到趴在地上伤痕累累的豹子，急切地飞下来："你怎么了？他们把你抓去干吗了？"

豹子不说话，他没有力气开口了。

小鸟不再追问，只静静地停在他身侧，扇动翅膀为他驱赶顺着血腥味而来的蚊虫。

夜里，猎狗来到豹子的笼前，他看着豹子满身的伤，欲言又止。

"你知道是怎么回事吧。那只黑豹，他可从来没有那样的战斗力，像疯了似的。

"是bananafish（香蕉鱼），那种病毒注入动物体内便会使之发狂，进入狂暴模式。如果对他洗脑，指定一个攻击对象，他便会像被操纵的机器一样攻击那个目标，直到对方或是自己死亡。那只黑豹就是被驯兽师注射了bananafish，而驯兽师又把攻击对象指向了你，所以，与你战斗的不是黑豹，而是个傀儡。"

"他们为什么要这样做呢？"小鸟愤然地问道。

"这就是贵族阶层的乐趣吧。"豹子的表情有些凝重。

猎狗点点头，紧皱眉头道："远不止这些，更可怕的是，我听老板说，这次的演出反响很好，他可能会把bananafish注入每个动物的体内，甚至把它卖给贵族，注入人体。"

"什么？"小鸟跳起来，"这怎么可以？！我们必须阻止他们。"

"可我们只是笼中困兽，保全自己尚且困难，根本无力阻挠。"

"不，办法还是有的。在大陆的那头，那座雪山——乞力马扎罗山的最高峰，那是神明居住的地方，或许我们可以祈求神明的帮助。"猎狗说道。

"哦！没错！乞力马扎罗山！东方的巫女曾说过，那是自由女神的故乡，那里一定有帮助我们的神明。"小鸟激动地扑腾翅膀欢呼着。

"自由吗？"豹子喃喃，随后他便振作起来，"好！那我们即刻出发吧！"

"不行，你的伤势严重，等养好伤再走吧。"

"等不及了，谁知道明天他们又会把我抓去哪儿呢？趁现在笼子没有锁。猎狗，你会和我们一起去吧。"

"当然了，没有我带路，你这个笨蛋知道怎么出去吗？"猎狗笑笑。

月光下，一狗一豹一鸟向着遥远的大陆东边进发了。清冷的晚风吹着豹子满是伤痕的皮毛，他早已忘记了疼痛，只觉内心丰盈起来。

他们穿越了沙漠、穿越了草原，豹子见到了他从未见过的美丽景色，他才知道天地是这般辽阔。他们跑了四十多天，终于到达乞力马扎罗山的脚下。

"小鸟，回到你的东方去吧。现在是雨季，风沙减弱了，你能看清方向了。"

"不，我和你一起上去。"

"你飞不上去的，再这样下去你会死的。"豹子知道不属于这里的小鸟能够坚持到现在已是极限了，再随他往前，他就再也飞不出非洲了。"而且，你做的已经够多了，报恩也早就完成了。"

"不，我不是为了报恩，因为你是我的朋友！"

豹子愣了一下，随即便笑着说："那么，你更应该相信你的朋友，他能够顺利地到达顶峰。"

"可是……"

豹子用头抵住小鸟的额头，轻轻对他说："谢谢你。"

猎狗突然从侧面叼住小鸟的脖子，把他衔走了。

"豹子！"

"去吧小鸟，你一定要回家去，回到东方。我会去你的家乡看你的，我们约好了。"

原来豹子前一天晚上就和猎狗商量好了，如果小鸟不走，就由猎狗把他强制带离。

"你也不要再回动物园了，你比我懂得多，知道应该到哪儿去。"

"你真的要独自前往雪山之巅吗？我们大可以不管动物园的事，就在这天地间驰骋，这不也正是你所向往的吗？"

"不，正是因为在这广阔的天地间奔跑过，品尝过自由的滋味，我才更要管那件事，应该让更多的动物重获自由。"

"豹子，你变了。以前的你可不会管别人的死活的。是因为小鸟吗？"

"是吧。他曾不计后果，毫不犹豫地救了我，那样纯洁的心，我怎么能辜负呢？"

再见啦，我的小鸟。神明大人啊，如果可以，我愿意用我的自由换他平安回到故乡。豹子看着草原上那两个黑白的小点渐渐消失，毅然转身，向着高入云端的山顶步步前进。

他从此再也不能离开乞力马扎罗。

小鸟呢？

"他回到了东方的故乡。"

太好了。

"豹子不该出现在雪山，可豹子已经在了乞力马扎罗。"

——谨以此文献给*Bananafish*

在多风的日子里

温蒂先生把早报放在餐桌上，取下他挂着细金链的单片眼镜，揉揉鼻梁上被眼镜架压出来的小圆坑，叹了口气。我把他没喝完的、已经凉透了的咖啡收走，瞟见了黑白报纸上那赫然印于版面的大字——"今日判决"。

"老师！达斯科利教授他——"路德先生推门而入，门口的盆栽叶片随气流倾向一边，簌簌作响。他看见温蒂先生正捏着鼻梁闭眼沉思，于是把话又咽了回去，我向他低头行礼后便退回厨房去了。

"老师，"路德先生再次开口，轻轻地、像是安慰般地呢喃，又好像在自言自语，"我们是没有错的，对吗？可是，为什么……"

温蒂先生睁开眼，看着他愁眉不展、陷入迷惘痛苦的学生："真理不会被处死，我们会证明给世人看，到底谁才是公理。"

"失礼了。"我将托盘里的茶具摆在二人面前，"先生们，请用茶。"

我起身欲走，却被温蒂先生叫住了："米歇尔。"

"是。"我转过身，低头等候差遣，温蒂先生迟迟未开口。

过了许久，才听到他用颤抖的声音说道："你去广场看看，若是还能拾几片残骸回来……"

"是，老爷。"

达斯科利教授我认识，有时他会应温蒂先生的邀约来府上叨扰几日，他是温蒂先生在博洛尼亚大学的占星学老师，温蒂先生对他尊敬有加，可我对他喜欢不起来。在我看来，他是个有两撮白胡子的古怪老头儿，会把两颗鸡蛋认真比对之后丢到一边，吹着他往两边翘起的胡须一言不发。而后温蒂先生便会唤我过来："去厨房再拿两个鸡蛋来，尽量一样大小。"我自然领会了他的意思，在厨房和鸡舍里摸了一手鸡毛才终于找到了两颗一样大小的蛋，煮至沙漏刚好流完、鸡蛋呈半熟状态再重新端回餐桌。白胡子便又凑近端详半天，才满意地用银匙敲开蛋壳，把流动的蛋白小口小口地吸进嘴里。

他也会在大家都在午休的安静时刻暴躁地敲开房门，气急败坏地嚷嚷道："温蒂！温蒂！你看了没有？但丁那个老家伙，写的什么东西！"他对别人的文章指指点点，却又不见他拿出自己的作品来。

"那么先生，您有何高见？"终于有一天，我在他听到我对皮特分享当日礼拜学到的东西后冷哼一声时忍不住问道。

"我问你，"老教授眯着眼睥睨我，"你知道地球是什么形状的吗？"

"当然是一块平面了，先生。"我自信地回答。

"为什么这么说？"

"我们站着的地是平的，而且，韦鲁斯神父也这么说。"韦鲁斯神父是镇子上顶有名的人，他性格随和，人人都尊敬他、爱戴他，他说的话就是真理。

"哈哈，神父！教会！"古怪老头狂笑起来，白胡子止不住地抖动，"温蒂，你告诉他，地球是什么形状的。"

"是球形的，老师。"

"没错！没错！是球形！"白胡子像起舞般上下跳动，发出我听不懂也不想听的聒噪声音。

疯子，我暗想，却不敢再顶撞他，既然老爷也认同，那我便也无话可说了。

但是现在，这个急起来会直跳脚的疯老头却在佛罗伦萨的十字教堂前被活活烧死了，根根分明的一直抖个不停的胡须也化为了灰烬。人群早已散去，只剩下被烧得漆黑的绞刑架和一堆与木屑混在一起的骨灰。一刻钟以前，这里是何等地热闹，人们一定高喊着："烧死他！烧死他！杀了这个异教徒！"我能想象，因为我之前也看到过这样的景象——狂热的群众情绪高涨，围着这一方广场，不断地往被绑在十字架上的人身上扔石头，直到那人头破血流再没有了动响。神父韦鲁斯站在高台上俯视人群，满含笑意，但不是我熟悉的那种笑。

"哈！真该死！说什么地球是圆的，怎么可能呢？"

"是啊是啊，怎么可能嘛。"

"还跑去教会说，大肆宣扬，生怕别人不知道他是异教徒吗？"

"就是就是，真是蠢坏了。"

两个醉鬼从吉卜赛女郎艾莉亚的小酒馆里出来时这么说道。我推开酒馆的门，门帘上挂着的铃铛叮当作响，提醒着老板有客人来了。

"米歇尔，你来做什么？"艾莉亚一见我便缠了上来，"我可不记得你有白天偷懒的习惯啊。"

"好艾莉亚，饶了我吧。"我试图从她柔软的怀里挣脱，可不一会儿她便又像一条小蛇一样缠绕着包裹住了我，似要把我生吞活剥。"帮帮忙，我有事情要处理。"

"什么事？"

"帮我支开绞刑架边上的那两个修士，我要去把那堆残骸收拾起来。"

"好。"艾莉亚没有多问。"不过，"她走到门口处转过头来，对我狡黠地笑，"你可得好好报答我。"

"是是是，我知道了，下个礼拜日，我会来的。"

艾莉亚这才放心地带着满脸笑容出去了。

"两位大人，天气这么热，真是辛苦你们了。"她慵懒而又不失优雅地倚在门口，朝不远处的那两个修士招呼道，"进来歇一歇吧，喝一杯甘甜的葡萄酒，别管那堆废物了。"

穿黑衣的修士们立马兴奋地赶来，我便趁着这个机会溜到广场中心的十字架旁，从炭火堆里拾出几块焦黑的不知是木头还是骨头的东西，小心地包在怀里跑回了家。

我回到府里，见温蒂先生和路德先生还坐在客厅黯然神伤，两人并没有发觉我的归来。

"老爷，我回来了。"我调整了因奔跑而紊乱的气息，轻声说。

"米歇尔！好孩子。怎么样啦？"温蒂先生激动地起身迎接我。

我从怀里掏出包裹，拉开抽绳，那堆遗骸便显露在众人面前。

　　"哦，天哪。"温蒂先生再次哽咽了，"好了，收起来吧。"他把脸别过一边去，而后对路德先生说道："我们得帮达斯科利教授安排葬礼。"

　　"当然了，老师。"

　　"还得为他洗刷冤屈，完成教授的未竟之志。"

　　路德先生面露难色："要怎么做呢？"

　　"别担心，孩子，你去安排教授的葬礼，剩下的交给我吧。"

　　路德先生离开了，带着那堆骨头。他们把葬礼定在下个月，我想不会有太多人参加。

　　"米歇尔，去拿笔和纸来。我要给教皇写信，让他看看他都做了什么！一颗智慧的巨星就此陨落。"

　　"亲爱的，我想你最好别这么做。"玛格丽太太从楼上下来。她应该刚从茶会回来，外出时戴的蕾丝手套还没有摘下。"你想想，处死达斯科利教授不正是教会的意思吗？现在给教皇写信是自讨苦吃。"

　　"啊！是的，玛格丽。你说的没错！我太心急了。"温蒂先生捶了下自己的脑袋。

　　"或许你可以写给查尔斯大公，普林斯顿小姐与长老会的人熟络得很呢，我想这个忙交给她帮再好不过啦。"

　　"玛格丽，我美丽的女神，你真是帮了大忙啦！"

　　"不，这不算什么。达斯科利教授曾是我的医生，也是我的老师。虽然有时他的想法有些奇怪，不过他是个好人，而且既然你也同意他的理论，那我还有什么好说呢。"玛格丽太太无奈地笑笑，"去做你想做的吧，亲爱的。"

我去拿来了纸和笔，点燃高台上的香烛，温蒂先生便伏在桌上，从鸡鸣写到虫飞，除了上个礼拜日，他再没出过房门。

那天是达斯科利教授的葬礼，天气出奇地好，主似乎对这一天并不感到哀伤。路德先生一言不发地等在门口，眼睛黯淡无光的温蒂先生在我为他递上文明棍时僵硬地扯出微笑："米歇尔，你今天休息吧。"我点点头，看着他跟路德先生上了马车，车轮压着光滑的石子路面，发出骨碌碌的响声，马蹄声清脆入耳，刷了黑色油漆的马车反射出白色的耀眼光芒，在灿烂的晴空下缓缓地驶走了。

这是一个再平常不过的礼拜日，我照常去了教堂。韦鲁斯神父今天也依旧光彩照人，他捧着《圣经》，随唱诗班悠然步入会场。他的皮鞋锃亮，衣服服帖地裹在身上，头发梳得一丝不苟。他站在教堂中心，人们的目光都被他吸引了去，阳光透过他背后的七彩玻璃窗照进来，使他整个人沐浴在圣洁而斑斓的日光下。

韦鲁斯神父带着神明般的慈爱笑容，人们贪婪地看着他，想要凑近他，接受他那圣洁光辉的洗礼。

"'到了早晨，众祭司长和民间的长老，大家商议要治死耶稣。'"他今天讲的是耶稣受难这一章，"'祭司长和文士并长老也是这样戏弄他，说："他救了别人，不能救自己。"'"温柔的话语从他口中吐出，带着悲怆，台下的人无不唏嘘起来，我的脑海中却突然浮现出那天刑场上的场景，骚动的人群、流血的十字架，而他在高台冷眼旁观。

"哦，米歇尔。"韦鲁斯神父叫住我，我慌乱地抬头，不敢与他对视，害怕有违教义的心理被窥探。"你怎么哭了？"

我这才发现自己的脸上淌满泪水。"啊，不，没什么，我只是……"我赶紧用手背抹干眼泪。

"看哪！虔诚的心灵会为主而流泪。上帝会保佑你的，阿门。"

"上帝保佑你，好孩子。"大家也一起跟着念起来。柔和的赞许目光纷纷向我投来，但我却感觉像被人绑在十字架上用乱石砸一样如坐针毡，惶恐地接受着这些令我心虚的祝福。

冗长的礼拜仪式终于结束，我随着人群一起离场。"米歇尔，等等，你留下来一会儿。"我不得不定住着急离开的脚步，木木地转身，韦鲁斯神父朝我招招手，身体便先一步做出反应，听话地挪到他身边去了。

只等人群散去了，他才开口道："米歇尔，我听人说，你去收殓了达斯科利的尸骨？"

"是的，韦鲁斯神父。"看来还是被人告密了，我只能承认。

"是温蒂先生的意思吧？"

"不，神父大人，求您不要……"我紧抓住他的袖子恳求道。

"不，我知道的，米歇尔，我没有责怪你的意思。"他轻轻拍拍我的头，"你得小心点，最近风头正盛。还有，"他顿了顿，"不是说了吗，你不必叫我神父的。"

"不行，还是得叫您神父大人。"我抬头瞥见他失落的神色，又小声地唤了声"兄长"。

韦鲁斯神父微笑着，带着慈爱的目光。还好，没有变，我暗自松了口气。

　　我向神父道了别，前往艾莉亚的小酒馆，我们约好了的。正是早晨八九点，酒馆还没有开张，我绕到侧门进去。艾莉亚坐在吧台上梳头发，她把黝黑的发丝拢到左耳，编成辫子，右边的脖颈便裸露出来，小麦色的肌肤光滑紧致，凑近细闻还有一股甜蜜的香气，或许是她常年泡在酒坛子里，连血液也浸染着葡萄酒的味道吧。她的衣服领口开得很低，露出大片胸脯，但却没有风尘女子那般的媚俗之感，反而让人生出安心的感觉，像孩童时依偎在母亲怀里一样。

　　"你来啦！"艾莉亚冲我招呼道。我这才反应过来，意识到自己盯着她好一会儿了，赶忙收回失礼的目光。"好看吗？"她撩了撩头发，冲我挑眉。

　　"嗯，非常漂亮。"我只瞟了一眼便匆匆低下头，不好意思地摸摸脖子，再不敢看她。

　　她"扑哧"一声笑出来，起身领我到了楼上的房间。"让我猜猜，今天讲的是——"她抱着手臂，仰起头做沉思状。

　　"是《马太福音》第二十七章。"我见她闭着眼睛、眉头紧皱了好一会儿，便提醒她。

　　"啊，没错！"她睁开圆溜溜的眼睛，猫眼似的瞳孔里放着光。

　　我像韦鲁斯神父那样讲起来，因为小时候我央着兄长教我读过，所以几乎能够背下来。艾莉亚不被允许进入教堂，我便充当起她的私人牧师，在每次礼拜结束后偷偷跑来给她复述一遍。没有太多的烦琐流程，我只教她读《圣经》和唱诗，而她则跪在地上，认真地聆听。

"啊，上帝。"艾莉亚在我念完后长叹一声，她睫毛一颤一颤地抚在下眼睑，"为什么呢？他们为什么处死耶稣？"

"因为他触犯了他们的利益。"我看着面前少女的眼角慢慢泛红。

"如果没有犹大告密，耶稣是不是不会死？"艾莉亚一睁开眼，珍珠般的眼泪便一颗颗从她光洁的脸蛋上溜下来。

"不是的，艾莉亚，这是谁也改变不了的。"我张开手臂想要安慰她，想了想，还是收了回来，从口袋里掏出手帕递给她，"别哭了。"

她抽了抽鼻子，接过手帕擦干眼泪，说道："我知道了。谢谢你，米歇尔。"

我从艾莉亚那儿出来时已是中午了，做完礼拜，她非拉着我要给我算一卦。

"嘿，我的占卜可是很准的，来嘛，就当给我练练手。"

"可我听说占卜师每算一次就会遭到反噬……"

"没关系，我不常给人算的。"她拉我坐到凳子上，"快选一张吧。"

牌阵已经摆好，我随便选了一张交给艾莉亚。她盯着牌仔细端详："唔，你最近的运势都挺平淡嘛，果然是个无聊的呆子。"

"喂。"我无奈地笑笑。

"不过，"她紧接着说道，"你身边的人可能会遭遇变故。要小心哦。"

我心里咯噔一下："好，我知道了，我会注意的。"

一路上我都想着韦鲁斯神父和艾莉亚说的话，只希望温蒂先生他们没事。我匆匆赶回家中，老爷和夫人还没回来，因为马棚异常安静，没有马鼻子喷气所发出的呼噜噜的巨大声响，只有皮特在院子里浇花的窸窸窣窣的声音。

"米歇尔哥哥，你回来啦！"皮特放下水瓢，跑来为我开门，他刺猬似的杂乱头发上还沾着晶莹的小水珠。我用手指帮他顺了顺头发，这个可怜的花匠的小儿子，八岁时父亲便去世了，母亲也不知去向，亲戚们没有一个愿意抚养他，好在温蒂先生收留了他，让他继承父业，继续在温蒂家做工。"你怎么现在才回来？吃饭了吗？今天礼拜讲了什么？"他围着我打转，嘴也说个不停。

"皮特，安静一会儿，我要被你转晕了。"我扶额，他乖乖地定住。像认错的小狗，我想着，不禁笑了出来。他也跟着嘿嘿地笑。

我和皮特坐在院子里一直等到傍晚，终于听到熟悉的马蹄与嘶鸣之声，看着老爷和夫人从马车上下来，我才松了口气。

温蒂先生似乎更坚定了要为达斯科利教授平反的决心，他神情严肃地进了书房。

此后的一个月都是风平浪静的日子，而我依旧提心吊胆。

一个月后，温蒂先生拿着厚厚一沓信纸出来了："米歇尔，你帮我看看。"

我接过稿件，认真地校对、誊抄。全文大约三十万字，写的都是温蒂先生的独到见解，对现状的批判啦，应该做出的改变啦，对查尔斯大公的赞美与期待啦，等等，情真意切，句句都透露着温蒂先生对佛罗伦萨城的担忧之情。

"你觉得怎么样？"温蒂先生翻阅着我誊抄过的稿件问。

"老爷，您写得非常好。我想查尔斯大公一定会领会您的心意，让这座城市做出改变。"我真诚地回答道。

温蒂先生笑笑："但愿如此。"

信件被包裹好，由玛格丽太太的好友普林斯顿小姐转交给了查尔斯大公。而我们要做的就是等待回信。

今年夏天老鼠异常多，估计是受到气温攀升的影响，老鼠像蛆虫一样源源不断地钻涌出来，空气中也弥漫着腐烂味道。我和皮特每天都会在粮仓内清理出三四只老鼠的尸体——这是狸花猫布鲁的功劳。

在雨季快要结束的时候，我们收到了大公的回信。温蒂先生看过信后高兴地把路德先生叫来："嘿，小伙子，你猜怎么着。查尔斯大公回信说，他非常感动我能够这样为城市着想，并且他在与长老会的人商议后，决定同意我的意见，让大家各抒己见，让社会多几种声音。"

"真的吗，老师？太好啦！"路德先生也感到惊喜，"不过，老师，您是怎么做到让长老会的人松口的？他们真的这么想吗？"他还是有些不放心，不过这也是应该的，起初我也觉得疑惑，一向顽固的长老会老头们真的会因此做出改变吗？

"哈哈，别紧张嘛，准不会有错的。"温蒂先生拍拍路德先生的肩，"因为我说：'不能让教会的人一手遮天，长老会才是这座城市的中心。'没有人可以拒绝权力的诱惑。当然啦，我也没有否定教会，可不能让人落下把柄。我想他们会理解我的用意，只要让他们知道，我们是站在同一战线上的。"

"嗯，不错。那样就太好了，老师。佛罗伦萨会因您而改变！"路德先生激动地说道。

"不，是为真理而改变。"

"没错没错。"

"敬真理！"

"敬新世界！"

他们举杯。

我和皮特也在厨房里咯咯笑，虽然我们并不知道他们所谓的改变为何物，但如果是能让老爷感到高兴的，那一定不是坏东西。

"太好了，皮特！新的世界就要来临！"

"太好了，那样我能吃到四只鸡腿了。"他嘴里塞满了饭，含糊不清地嘟哝着。

"当然！"我把碗里的肉挑给他。

温蒂先生与路德先生当即决定复兴达斯科利教授之学，他们打算把教授的理论哲思整理出来，为世人所瞻仰。

一时间，报纸铺天盖地地刊登着各类学术论文，温蒂先生每次看报时都会乐得眼睛眯缝起来："好呀，好呀，我也不能落后。"说着便钻进了书房。

"艾莉亚，看来你的占卜并不准嘛。"我仍然在礼拜日当天前往艾莉亚的酒馆。

"是吗？那还真是太好了。"她笑着说。

"不过，这座城市要发生巨变了。"我凑近她耳边，悄声说道，"我家老爷说的。到时，你能去做礼拜了也说不定呢。"

"那还是不要了。"她转过头来看着我，"那样的话，就不能和你这么待在一起了。"她用手撑着头，咧嘴笑起来。

我被看得不好意思，结结巴巴地回复她："唔，我走了。"

“好，下次再见啦！”

夏天结束之前一切都很美好，新的世界似乎真的要降临了。除了夏末的一天早晨，我们发现布鲁死在仓库的门前，它是被咬死的，肚皮被咬破的地方肠子流了出来，耳朵也缺失了一块。皮特哭着把他的老伙计埋葬在跟它有着同样颜色的月季花树下。虽然第二天我从农场买回一只一模一样的狸花猫，但他好像还是并不开心。

秋天要来了，我在阁楼上打扫时看着窗外的梧桐树叶已经泛黄，又突然想到今早皮特跟我说他睡觉时觉得冷，于是把储物室里的被子搬出来晒。老爷和夫人的冬衣也得赶紧置办，等会儿就去找裁缝来吧。

我正要出门时，被温蒂先生叫住：“米歇尔，”他得意地笑着，“把这些交到报社去。”他把一沓稿件交给我。

看来温蒂先生的大作终于完成了，我也替他高兴。“是，老爷。”我把稿件揣在兜里，欢快地走了。吉姆裁缝的店与报社刚好同路，我便先去了裁缝铺。

“抱歉，吉姆先生生病了，暂时不接订单。”店里的伙计对我说。

“好的，谢谢你。祝他早日康复。”我只好去找下一家商铺，没想到得到的是同样的回答。

“不过您可以看看这些已经做好的衣服。”店员拿出一些外套、夹袄来。

有一件黑色的小袄看起来正合皮特身——他的衣服总是短一截，难怪要感冒呢。我拿自己的钱买下了衣服。从店里出来时天有些暗了，在裁缝铺耽误了不少时间，我得加紧脚步赶路了。

风轻轻地吹，驱散了身上的暑气，梧桐叶摇摇欲坠，死死抓住纤细的树枝。

还是去晚了一步，到报社的时候，一个男人正在锁门。

"请等一下。"

"明天再来吧。"他朝我摆摆手。

我悻悻地走了，虽然知道温蒂先生不会怪我，但我还是很过意不去。到家的时候，皮特没有像往常一样在门口等我，我开了门，老爷和夫人都在客厅里坐着，气氛安静得有些诡异。

"米歇尔，那封稿件你交出去了吗？"温蒂先生激动地问我。

"对不起，老爷，我……"我从口袋里掏出稿件递给他。

"太好了！米歇尔，你救了我！"我不明所以。温蒂先生冷静下来说："我们被骗了，米歇尔。这是教皇的陷阱，长老会的人也是，他们根本是一丘之貉。"我还是不明白，他又继续解释道，"下午的时候，路德的仆人跑来告诉我，说他被教会的人抓走了。他们那些在报纸上发表了有违教会礼义文章的人都被抓去审讯了。之前查尔斯大公的回信不过个幌子，为的就是将我们这些所谓的'异教徒'一网打尽。"

我终于明白过来，紧张地问道："那您不会有事吧？"

"我没事，还好那份稿件没有交出去，我也没说过什么对教会不利的话。不过，现在最重要的是救出路德。"

"怎么救？"

"暂时还没有想出办法。"温蒂先生摇摇头，"你去忙吧，米歇尔。"

"是。"我退到后院去找皮特，他的房间没有光亮，我敲了敲门，把衣服藏在身后，"皮特，你在吗？"没有回应。"皮特？"我有些不安起来，"我进来了。"我推开门，借着昏暗的光线，我看见他躺在床上，裹着被子缩成一团。

"皮特，你怎么了？"我点燃蜡烛，坐在他床边，拍拍他的被子。

"唔，米歇尔哥哥？"他闷在被子里发出细微的呻吟。

"是我。皮特，你还好吗？"

他探出头来，脸颊通红，汗水和泪水混在一起，糊在脸上："我好痛苦。好像要死掉了。"

我摸摸他的额头，烫得厉害。"哪里疼？"我问他。

"身体。"我掀开被子，他的胳膊和腿上起了大块的黑色肿瘤。"米歇尔哥哥，我看到，有小人儿在房梁上跳舞，是安琪拉吗？"他说着说着便疲惫地闭上了眼睛，细细地喘气。

"我去请医生来。"我帮他裹好被子，向温蒂先生报告后便匆匆地走了。这绝不是普通的病。瑟瑟的晚风吹得我心里生出一股恶寒，艾莉亚的预言果然还是成真了吗？

所幸医生的家离得并不远，我连拖带拽把他带回了家。他检查过皮特的身体后叹气道："和他们一样，治不好啦。"他提起药箱，起身欲走。

"什么意思？"我揪住他的衣领。

"哎呀，不是我不想治，是这病实在治不好了啊。"他扶了下眼镜，"这种病是突然出现的，以前从来没有过，这些天老有人害病，但现有的药根本没法治。"他又是叹气，"这有些退烧药，你给他吃了，说不定还能多活一会儿。"

我呆呆地站在原地，那医生赶紧溜走了。

"米歇尔哥哥，"皮特轻轻地唤我，"我是不是要死啦？"

"不会的，你很快就会好起来的。我给你买了新衣服，等你病好了，我们穿上新衣服，我带你去马戏团。"

"真的？"

"真的。我什么时候骗过你？"

"嗯。"他生硬地咧开嘴，"我好困。"

"睡一觉吧，明天我去找韦鲁斯神父，他一定有办法的。"

"嗯。"皮特用几乎不能听到的声音回答我。

夜晚格外漫长，我躺在床上听着呼啸的风声。

"'人被试探，不可说："我是被神试探。"因为神不能被恶试探，他也不试探人。但各人被试探，乃是被自己的私欲牵引诱惑的。私欲既怀了胎，就生出罪来。罪既长成，就生出死来。'"韦鲁斯神父像往常一样温柔地念着《圣经》，我无心听他讲，只想礼拜快点结束。

"韦鲁斯——"我想了想又改口道，"兄长。"

"怎么了，米歇尔？"他似乎很高兴我这么叫他，笑着转过身来。

"请救救皮特，他得了病，身体很烫，还起了肿瘤。"我说得哽咽起来。

"米歇尔，你冷静一下。"他抓住我的肩膀，"对不起，米歇尔，我也没有办法。"他低垂着眼，"你说的这种病叫黑死病，是从外面传进来的，佛罗伦萨已经有不少人感染了。谁也没有办法。"

"不可能。你不是离上帝最近的人吗？你去求他啊。"我抓着他的衣角，"要是连你也没有办法，那还有谁……艾莉亚！"

我抬起头，飞快地跑了出去，没有理会身后韦鲁斯神父的呼喊。

"艾莉亚！"我粗暴地推开酒馆的门，铃铛受惊地呐喊着。

艾莉亚也被吓了一跳，愣愣地看着我："米歇尔……"

"你知道黑死病吗？你一定有办法治吧。"我抓着她的肩摇晃，"皮特他……"我像发了疯似的哭诉着。

"我不知道。"她有些害怕但依旧坚定地看着我，"冷静一点，米歇尔。"她捧着我的脸，手心传来的温度让我恢复了理智。

"对不起。"我放开她。

"我不知道你说的黑死病，不过听你的描述我大概见过，似乎是鼠疫导致的。"

"鼠疫？"我想起来皮特前几天抱过布鲁的尸体，原来布鲁是被老鼠咬死的。"你有办法吗？"我问她。

她上楼拿了一支小药瓶下来，递给我说："你试试这个吧，也许有效。这是之前我那个村子的长老做的，不过，直到人都死光了才研制出来。"

"谢谢你，艾莉亚！"我激动地抱住她。

"没、没事。"她拢拢头发，把脸别向一边。

我攥紧药瓶跑回家去。皮特有救了。

"皮特！"我推开他的房门，里面空无一人。"皮特，你在吗？"我在府上找了个遍也没有看见皮特的踪影。我又回到他的房间，才发现新衣服被穿走了，他的小短褂下面留了一张字条，歪歪斜斜地写着：米歇尔哥哥，我跟着布鲁去了马戏团，你不要来找我啦，这样死掉会很麻烦，像爸爸那样很难处理，我还是不要再给你们添麻烦了。

"皮特……"我瘫坐在地上，药瓶叮叮当当地掉在地板滚了一圈。

天气开始变冷了，早晨窗户玻璃上会结一层薄薄的水雾。约的裁缝还是没有来，温蒂先生说没关系，穿旧的就可以了。玛格丽太太没有再去参加贵妇们的茶会，她坐在沙发上织了一整个下午的毛衣。秋天还没过就到了冬天。

路德先生被释放的那个上午温蒂先生很高兴，他念着报纸的题头："路德等十四人被释放……"他还没看完下文就有一大批人闯了进来。为首的是韦鲁斯神父。

我疑惑地看着他，他也看到了我，他立马收回目光，不敢与我对视。

"弗朗西斯·温蒂，弗朗西斯·玛格丽，我依教皇旨意将你们缉拿。"他把一纸诏书甩到他们面前。

"什么？等等，韦鲁斯，我想一定是有什么搞错了。"温蒂先生和玛格丽太太被那群修士围起来带走了。

我站在原地，一时没回过神来。"等等！"我跟上队伍，拉住了韦鲁斯神父。

"米歇尔，你快回去。"

"为什么要这么做？"

"这是教皇的意思。"

"可是温蒂先生什么也没有做啊！"

韦鲁斯神父把地上的报纸捡起来给我，我才看到温蒂先生没有念完的话："路德等人知错悔改，教皇慈悲宽恕释放。又，念路德公开两封与温蒂公爵的私人信件，揭发其异教徒的真实面孔，即日起恢复路德家族的地位……"

我双手无力地垂下，报纸如秋叶一般滑落。"那玛格丽太太呢？为什么连夫人也要抓？"

"温蒂家族满门囚禁。本来连你也要被抓起来的，是我在教皇面前求情才保住了你。"

"满门？那你也要算温蒂家族的人，你忘了是谁收养了我们！你这个冷血的禽兽！"我捶着他的胸口朝他吼道。

"我当然没忘！是温蒂老爷在我们流落街头快要饿死的时候救了我们，给我们一个家！"韦鲁斯神父抓住我的手，"我不会忘记。但是，米歇尔，这不是你我能改变的。"他抱住我说。

我推开他跑走了。

"艾莉亚，"我推开酒馆的门，"要是没有犹大告密，耶稣是不是不会死？"

艾莉亚把我带到楼上，她抱着我，摸着我的头发："米歇尔，耶稣不会死的，因为真理不死。"她像温蒂先生常念叨的那样说着。

几天后，十字教堂前的广场举行了一场审讯大会，教皇坐在高台上，韦鲁斯神父也在一旁，温蒂先生戴着镣铐站在广场中央，人群把他团团包围。

"弗朗西斯·温蒂，你可知罪？"教皇冷冷地问。

"我无罪！"温蒂先生站得笔直，正视教皇，大声喊道。

"异教徒，还敢嘴硬！"

"我无罪，因为真理无罪！地球是圆的，我们站在地球的这一半，而另一边也有着同我们一样的人……"他面对着人群环走，像讲课一样念着他原本要发表的理论。

"住口！快砸死他。"教皇恼火地站起来，指着底下的人命令道。

没有人动手，因为大家都受过温蒂先生的恩惠，他在城西投入的最大的善堂在蝗灾时施的粥让城里半数的人活了下来。

"你们在等什么？快动手啊！他与上帝对着干！他是异教徒！"教皇气急败坏。

终于有一个人朝地上扔了块石头大喊着："异教徒！"人群中陆陆续续地出现了叫喊的声音，但没有人朝他扔石头。

这场审判在微弱的叫喊声中收了场，教皇似乎非常不高兴，他往韦鲁斯神父怀里塞了张诏书后拂袖离去。

我拿着韦鲁斯神父给的通行证来到囚禁温蒂先生一家的监狱，路德先生在门口徘徊，他见我来了，欣喜地迎上来："米歇尔，这是老师爱吃的菜，你帮我带进去吧。我想他不会愿意见到我。"

"不必了。"我推开他。

"米歇尔，我、我有苦衷。"

"苦衷？"我冷笑，"你的家族名望？"

他不说话。

"为了所谓的名利要牺牲他人性命，"我走近他，"你可真卑鄙。"我朝他脸上挥了一拳。

他踉跄一下："不是的，他们当时说会放了我，不会威胁老师，我没有想到……"

"你早该想到的，从他们抓你进去的那一刻你就该知道，这一切都是圈套。"我走进监狱，没有听到他那句被风吹散的"对不起"。

"老爷、夫人。"我看着玛格丽太太还穿着洁白的罩裙端庄地坐在茅草堆上时，忍不住落下泪来。

"哦，米歇尔，好孩子。不要哭啊，我们过得还不错咧。你看，至少还有一块床板不是？"温蒂先生自嘲地笑着说。

"老爷，您就假装向教皇服个软，出来之后再做打算……"

"不，孩子。"温蒂先生制止了我要说出的想法，"真理永不会屈服。而且，玛格丽，你也不会怨我吧。"他回头对夫人说。

"当然了。"玛格丽太太笑着。

"9月12日，弗朗西斯·温蒂于十字教堂前被斩首示众。温蒂家族其余成员被流放至的里雅斯特"，报纸上这样刊登着。

那天风很大，围观的群众很多，有小孩在温蒂先生赴刑前问他："你怎么知道地球是圆的呢？"

"这个嘛……"温蒂先生思考了一会儿，笑着回答他，"因为风知道。它绕了一圈回来告诉我的。"

"唔。"孩子还想说什么，却被他的父母拉走了。

广场上温蒂先生的血还没有干透，艾莉亚便在那里被绞死了。人们在她房间里搜出占卜的牌和一些干的蛇蝎，他们说她是巫女，城内爆发的黑死病就是她带来的。

冬天要来了，树上的叶子全都掉光了，风不再呼啸。

十字教堂被重新粉刷，横梁上写着"上帝永恒"。

"但真理不死。"

烟　花

　　从补习班出来时已是华灯初上，我走在喧闹的东京街头。前几天突如其来的大降温依然没有对这座不夜之城有丝毫影响，女人们穿着刚好遮住臀部的吊带裙，鼎沸人声将银座四丁目的空气炒得格外火热。但我不能脱掉外套，制服胸前的名牌是不被拉进风俗店里的有力法宝。

　　"呀！这孩子真可爱！小哥要不要进来坐坐？"涂着厚重脂粉的女人攀上来，几乎看不出她本来的面目，刺鼻的廉价香水惹得我想要打喷嚏。

　　"不不，不好意思。"我挣扎着甩开她。只要再走过三个这样的风俗店，就能到达有乐町站台。我心里默默数着，加快了脚步。

　　"啊，对不起。"像这样的酒鬼刚才不知已经遇到了多少个，我着急避让，对方却跌坐下来。我吓了一跳，明明只是轻轻撞了一下嘛。"你没事吧？"我还是弯下腰来询问对方的情况。

　　他烂醉如泥，靠着墙歪过头去，似乎不想让人看见自己这副模样。但琥珀色的霓虹灯像审讯犯人的探照灯一样直打在他的脸上，他无处可逃。我这才看清他眼里噙着泪，面颊湿润。他的瞳孔里透着清亮的光——眼睛像女人一样漂亮啊，我心想。不，他整个人都像女人一样纤细柔软，我扶着他的肩膀，能感受到他单薄衣衫里的分明骨节。

"喂，还好吗？"我从包里掏出矿泉水递给他。他没有接过去，只是嗫嚅着嘴唇，我凑过去细细听，他的声音淹没于一片嘈杂中。

"我在新宿时……一番街，认识一位女子……莲，她的名字……"他说不出一句完整的话来，像零落的碎片几经拼凑，我才终于从他不成文字的话语里听出一个故事——

我在新宿漂泊时，被一家风俗店哄骗进去，小姐们往我的酒里下了药，把我勾到了床上去，上了床才知道我不举，便让保安架着我，把我赶了出来，并且索要高额的"服务费用"。我那时身无分文，与家里也早断了联系，哪里有钱支付，便被围堵在门口，眼看着就要挨那些人一顿好揍，楼上突然传来凄厉的惨叫，那时的我还不知道，从那一刻开始，我的人生便与歌舞伎町一番街结缘。

二楼的房门被人从里面踢开，小姐裹着床单跑出来，脸上青一块紫一块，手腕上留有被绳子捆绑的勒痕。她哭着躲到我的身后，妈妈桑把她揪出来，打骂着她："礼香，怎么回事？不是让你好好招待客人吗？"

名叫礼香的女孩子抽噎着："他……"她把衣裳敞开来，妈妈桑一看便变了脸色。

楼上的男人终于出来，手里拿着点燃的烟头站在楼梯口。

"不过是个妓女，装什么清纯啊。"

妈妈桑赔着笑脸迎上去："这位先生，我们这里不提供那种服务，您找别家去吧。"

"老子付了钱的，想怎么玩怎么玩！"他把烟叼在嘴里，说话有些含糊不清。他一把推开妈妈桑，便要下楼把礼香捉回去。

原本擒住我的保安才终于松了手，去拦住楼上的人。男人脱了上衣，露出一身横肉与胸前的龙首。两人围攻却都不是他的对手，接连着被掀翻到楼下。礼香拉住我的衣袖，我感觉得到，她在不住地颤抖。噩梦般的回忆重新被勾起，我感到一阵恶心，酒已醒了一半。男人的逼近、礼香颤抖的双手与滴在我衣间的泪，止不住的怒火就着梦魇与酒精突然烧起来，我抄起一旁的花瓶迎了上去。

我忘了自己被打趴几回，也记不清往男人脸上揍了多少次，直到众人把骑在满脸是血、正虚弱地求饶的男人身上魔怔了一般不断挥拳的我拉开。

"够了，别打了，再这样下去他要死了。"礼香拉住我，她的泪滴在我血肉模糊的手上，一阵刺痛，我才终于清醒过来。他们把已经昏过去的男人丢在铺满垃圾的巷子里与苍蝇做伴。

礼香把我带到三楼的小房间，里面燃着昏黄的小灯，有桂花香薰的味道。她让我坐在床上，我说我没有钱，她"扑哧"一声笑出来，转身从柜子里拿出透明的小箱子，是医药箱。她跪在地上为我上药。手心传来对方指尖冰凉的触感，她正小心地托起我的手，一边擦碘酒一边轻轻吹气，丝丝凉风驱散了伤口处火辣辣的疼。

"很疼吧，稍微忍一下哦。"

我摇摇头，又意识到她正低头仔细看我的手，便说："没事的，不疼。"

她抬起头看着我："怎么可能不疼嘛！"我笑笑。她躲闪着双眼又低下头去，小声说道："谢谢你。"

在礼香给我右手缠着的纱布打上蝴蝶结的时候，妈妈桑推门进来："喂，小子，"她朝我扬起下巴，"服务费你不用给了。"

"真的吗？谢谢您。"我起身鞠躬，刚受过重击的腹部因猛地弯腰一阵刺痛，"呃唔。"我倒吸一口凉气。

"行了，快坐下吧。"妈妈桑皱眉，怜悯地看着我，"看你刚才的身手，练过？"

我不好意思地笑笑："学过一点空手道和散打，不过是随便划拉几下。刚才也是借着一股酒劲冲上去挨打……"

"嗯，钱你不用付了，但得留在这儿工作。"

我愣了一下，随即惊恐地摇头："不不不，我虽然不举，但好歹还是男人吧。"

妈妈桑倚在立柜旁白了我一眼："想什么呢？你这糙汉哪有客人敢要？只是打杂和保安的工作。"

"我吗？"我呆呆地看着她。

"你没有工作吧，没有钱也没有朋友。"她轻笑一下，意味深长地上下打量着我，盯得我好不自在，"我们这儿工资虽然低了点儿，但好歹有吃有住。怎么样，不如考虑一下？"

她说得不错，我现在连住的地方也没有了，因为拖欠房租被房东连人带铺盖丢了出来，住网吧的费用也再出不起了。我咬咬牙，答应下来。

妈妈桑露出满意的笑："不过可不是让你吃白饭，要是不认真干活，立马把你轰出去。"我点头。"礼香隔壁还有间空房，你就住那儿吧。"她伸手指了方向便转身要走。

"对了，你叫什么名字？"行至门槛处她才突然想起来，回头问我。

"幸山诚矢。"我回答。

见我期待地看着她，妈妈桑不情愿地开口懒懒说道："叫我世子就好。"

"世子姐人很好吧？"礼香在她出门后对我说。我摇摇头，不置可否。"世子姐她啊，早些年被老公抛弃，又被朋友哄骗，不得已才做起了皮肉生意。之前的妈妈桑走了，世子姐继承了这家店，这里的小姐们也是走投无路自愿留下来的，世子姐说，等我们攒够了钱，随时都可以走。"礼香跪在地上整理医药箱，她低垂着脑袋，额前的碎发挡住了眼睛，我看不见她的表情，只听到她轻描淡写地说着，"我啊，要赚钱给家里，弟弟要结婚了。父亲说，你该为家里分担一些了。我知道他什么意思的……"礼香突然停下来，我听见"啪嗒"一声，透明的小箱子上开出一朵水花。她慌忙用衣袖擦了一下脸，又继续手上的工作，她撕开一片药膏往手腕上贴，"明年就能凑齐弟弟结婚的钱了。但我也许要一辈子留在这儿了，像世子姐一样。"礼香站起来，橘色的灯光柔柔地打在她脸上，我这才看清她脸上的伤，嘴角的血痂凝结成块。她别过身去："我这副模样，一定很丑吧。"

"不，礼香小姐很漂亮——而且总给我一种亲切的感觉，像我妹妹。"

她轻笑："诚矢君还有妹妹？"

我陷入回忆，没有言语，她转过来看我。"嗯，不过她已经去世了。"我扯出一个笑来，"时候不早了，礼香小姐早点休息吧。"

从礼香的房间里退出来，我打算去网吧，将我寄存在那儿的行李取走。其实没有什么，我早已将身上的积蓄挥霍光。如同刚降生在这个世界时那样，我想我随时可以离开。那箱包裹是我活过的唯一证明。

一番街灯火通明，撕开黑夜的口子，游人沉醉其中。在世纪末的彷徨与挣扎中，人们选择用酒精和性欲麻痹自己，于无尽的狂欢与黑暗中沉浮，唯恐这是此生最后一个夜晚。居酒屋传出烧鸟的炭香，男人手持罐装啤酒，摇摇晃晃，互相搀扶着去寻找下一场欢愉。阴暗的角落里有人低声啜泣，眼泪同呕吐物一并落下，身体上的短暂疯狂过后，留给内心的是无尽的空虚与痛苦，于是再次饮酒麻痹，周而复始、恶性循环，直到有一天再也支撑不住，便寻了片城南的树林，做了风中飘零的落叶。无人注意到胡同里这些纵欲买醉的人，浮华的喧闹与万丈霓虹淹没一切。也许有人注意到了，但自己尚无暇顾及，何以拯救他人呢？

林立在道路两旁、高高悬挂着的灯牌闪烁，粉红的、亮黄的，各色招牌如同倾倒而下的染料桶，将一番街涂抹上夸张的色彩。这歌舞伎町为游人营造的香甜美梦下隐藏着颓废气息，像一颗熟透了的苹果，魅惑的颜色与馥郁的芬芳令人眩晕，但其内核却已腐烂发黑。只要再过一段时日，人们就会发现它的肮脏本质，或许人们早已发现，只是没有人愿意揭穿。就像多年前没有人愿意戳破那个巨大的色彩绚丽的泡沫，直到它自己破碎，强劲的威力将人们震得纷纷倒地，城市才终于从幻梦中醒来。一番街是一粒毒药，明知如此，有人却甘之如饴。

　　我在上个月终于被公司炒了，这么说也不太准确。半年前，在经济危机的重压之下，公司早已是入不敷出，在劝退一大批老员工后，靠政府补助苟活了一段时日，但最终还是不堪重负，宣告破产。我失去了唯一的经济来源，连上个月的工资也被拖欠着，最终不了了之，不得不在房东日日敲门怒骂的吼叫声中与恶意断水断电的报复行为下，从蜗居了多年的小公寓里卷铺盖离开。走的时候房东送了我一盆冷水，从二楼我住过的房间里泼下来，打湿了我几天没洗过的头发与衬衣，我能理解她，毕竟我欠了她两个月的房租，换谁都会想把我揍一顿。接下来的半个月里，我在便宜的小旅馆与网吧辗转，薄如纸板的墙壁将隔壁女人没日没夜的呻吟无限放大，同我一样挤在网吧里的男人们身上的烟酒味混着泡面与脚臭味将我熏得夜不能寐。尽管每天能省则省，钱包还是不久便见了底。我当然也在努力找工作，可现在所有公司、商铺都在想着法子赶人，只要是能挣钱的门路都人满为患，大家为了混口饭吃挤破了脑袋，我没有办法。

　　在到处道路冷清、门可罗雀的时候，只有歌舞伎町依旧灯火通明。与其苟活度日，不如献身疯狂，怀着这样的反叛情绪，我走向了一番街。等钱花光了就去死，我现在还是这么想的。劣质的烧酒将胃烧灼，昏沉的幻梦拥入脑海，一瞬间，什么钱啊、生活的，一切痛苦全部被忘却了，我只觉得快活极了，原来酒竟是这样的好东西。漂亮的小姐与我耳鬓厮磨，我早已魂离身形，如提线木偶一般被她操控着，而后便发生了那样的事。我倒觉得现在的状况也不错，反正我一无所有，终于有一个地方愿意收留我，要我做什么都行。

回想着今晚发生的种种，感觉自己好像还在梦中似的。从网吧里取完行李出来时天已经蒙蒙亮了，里面鼾声如雷，我不敢想象前几天自己是怎么睡着的。再回到一番街时，路上已经没什么人了。歌舞伎町日夜颠倒，现在这头魔物终于安静下来，只有一些白色面包车稀稀拉拉地停放在路旁，店铺的灯牌熄灭，街道火热的颜色变得灰白，像久无人经的荒芜之地。我简直要怀疑自己是不是走错了地方，只是街口的无料案内所告诉我正是此地。

巷子里躺着烂醉如泥的男人，我被吓了一跳，垃圾堆上老鼠到处窜，见有人经过也不躲闪，用尖锐的吱吱叫声宣誓着自己对这片领地的主权。走着走着，我才发现自己迷路了，昨晚昏昏沉沉，根本不记得去了哪家店，每家风俗店都长得差不多，玫红色的俗气装饰花圈似的将店门围了一圈。似乎是在道路左侧，我努力回想着。向前望去，有个穿白色睡袍的女人倚在门口抽烟。

"请问……"走近才发现原来是世子，"是世子姐啊。我差点迷路了。"我有些尴尬地笑笑。她卸了妆，我看清她昨夜浮夸的眼妆下遮住的清透眉眼，标准的柳叶眉和微微上吊的眼尾，像一只狐狸。她好看的嘴唇叼着烟，细长的手指涂了红指甲，绾起来的长发随意扎在脑后，几缕散落的黑发顺着纤细的脖颈垂在起伏的胸前。要是在江户时代，世子一定是这儿的花魁，我想，她是故意化妆把自己化丑吗？

对面的人半眯着眼睛，朝我脸上吐一口烟："乱看什么呢。"我被呛得脸红。"这么点儿东西还要带着啊，里面有什么宝贝？要是值钱的话我会考虑考虑让你赎身。"

"不，没什么，就是点儿烂衣服。而且，我不走了，好不容易有地方收留我，这份恩情我报答您还来不及呢。"

她笑了笑："嘴倒是够甜。赶紧上去歇着吧，晚上可给我好好干活。"

"是是是。"我忙点头。上了三楼的房间，常日奔波的疲惫感与久违的放松使我和衣躺在床上很快便睡着了。再睁眼的时候礼香站在我床边。我吓了一跳，从床上弹坐起来问她："怎么了？"

"对不起，我想叫你下去吃饭的。我敲了门，但你好像没有听见，门没有锁，我就……"礼香着急解释着。

我从床上下来，拍拍她的头笑了笑："走吧。"

餐厅在一楼大厅的背面，与厨房连在一起，中间摆了张长桌，两边各放三张凳子。

"今天是世子姐掌勺，你可有口福咯。"礼香对我耳语。

察觉到有人来了，世子招呼道："别愣着了，过来帮忙。"她没有回头，依旧忙着翻炒锅里的菜。我过去盛饭。

"会做饭吗？"世子问我。

"会。"

"那太好了。咱们这儿轮着做饭，明天就你来吧。"她冲我眨眨眼。

不一会儿人便陆陆续续地来了，加上世子和礼香，一共有五位姑娘。

"那两个保安呢？"我问世子。

"他们是兼职，晚上才来。工资低所以工作也不太上心，不过是来装装样子，好震慑住企图赖账胡来的客人罢了。"她的语气中透露着些许无奈。

我点点头："放心吧，老板娘！我一定会好好干活的！"她笑着瞥了我一眼，把最后一道菜盛出锅。

洗了碗又同姑娘们闲聊几句后，世子把我领到三楼，在走廊的尽头，亮着昏暗灯光的小房间里氤氲着水汽。"去好好洗洗吧。"她递给我一套制服，"这是上一位被辞退的保安留下的，你应该能穿。"她又看了我一眼，"一会儿我给你剪头发。"

我接过衣服关上门，才想起自己有好几天没洗过澡了，好在现在是秋天，身上还不至于散发出难闻的气味。头发更是没空打理，只用手胡乱地抓两把，如枯草般乱糟糟地立在头顶上，我看着洗手池上那一小方镜子里的人，胡子拉碴，邋遢至极。脱了衣服坐在矮凳上，热水就盛在一旁的木桶里，我舀了一瓢从头顶淋至全身，额前的头发被打湿后顺着水流耷拉下来遮住了眼睛，看来真要剪剪头发了。痛痛快快地洗完澡，我换上衣服，是一套西装，白色长袖衬衣和黑西裤被熨得很平展，刚好合身，我看着镜子里的自己，才终于觉得像点人样了。拉开浴室的门环，屋内的腾腾热气瞬间盈溢而出，化成白雾一片，从走廊的另一头吹来的过堂风让我打了个哆嗦。

世子靠在窗边抽烟，见我出来了扔给我一条毛巾。"披着吧，别把衬衣打湿了。"我擦擦发梢滴落的水珠，跟着她下到一楼。她搬了凳子摆在门口叫我坐下，又拿了剪刀和梳子，站在我身后便开始为我理发。

我乖乖坐好，面朝着街道，太阳正照在脸上，使我不得不半眯起眼睛打量着这个即将为我所熟知的街道来——正是下午四点钟的样子，路上没有什么人，店铺也大都半掩着门，屋内断断续续地传出些收音机的声音，艺人在讲落语，有人轻笑，藤椅便也跟着咿咿呀呀地唱起来；旁边的街道上有人在扫地，竹条摩擦水泥地面刺啦刺啦地响；纵横交错的电线上停着几只麻雀，它们踢踏着浅褐色的小脚爪来回跳跃，不住地仰头俯首，同我一起好奇地观察着这一方光怪陆离的异世界；在被藤蔓般缠绕交织的电线掩盖着、布满绿萝与常春藤的阳台上，女人搬出一床棉被，挥舞盘花型的精巧藤拍，空气被抽打得发出尖锐的叫声，被子表面随之激荡起一道屏障似的纤尘。

天空湛蓝如洗，柳絮一般的云朵薄薄一层浮在空中快速移动，似远处飘来的轻烟与薄雾，被风驱赶着，轻轻一吹就要散了。白色面包车顶反射着柔和光芒，周遭景物被照射得炙热发白。我昏昏欲睡，这样的安谧使我害怕，眼前的一切都变得极为不真实，我想我大抵是在做梦了，在这个不愿醒来的梦里、在歌舞伎町编织的温柔乡中，我甘愿沉沦。

直到有指尖轻柔抚上脸颊，我才突然惊醒，与面前的人对视一眼后匆忙移开视线。世子拿着剃刀要给我刮胡子。"不用了，我自己来。"我有些不自在地将身体往后倾。

世子按住我说："别乱动，你又看不到。马上就好了。"我只好老实坐着，盯着对面阳台那张被晒成奶白色的被子不敢呼吸。"今年多大啦？"我一时没有反应过来，便收回目光看她，她正弯着腰捏住我的下巴认真地打着香皂，纤长的睫毛轻颤着，温热的气息喷在我的额上。

"二十三。"我回答，她点点头，我想追问但还是没有说出口。

像是猜出了我的心思，世子轻笑一声道："我有个孩子，和你一样大。"见我一脸震惊与狐疑，她咯咯地笑起来，"骗你的，我哪有这么老嘛。不过年龄还是不告诉你了，问一个女人的年龄是不礼貌的。"她收起刮刀，准备用毛巾帮我擦脸，"我的孩子还没有长到你这么大的时候就死了——好啦！这下才像个人样嘛！"我还没想出安慰她的话来便被推到玻璃窗前，借着光滑玻璃的反光依稀能看见自己的模样，短发利落地梳向一边，原本遮住耳朵的鬓角碎发也被修剪整齐。

"哟，这是哪儿的客人呀，这么早就来啦？本店还未到营业时间呢。"名叫玲丸的小姐走出来，看着我吃惊地说。

"是昨天差点被你睡的客人。"世子揶揄她道。

玲丸惊呼："诚矢君？"她走近似要把我扒了皮再好好看一遍，仔细打量了好一会儿，她才拍拍我的肩爽朗地笑起来，"我还以为你是个猥琐大叔呢，好好打理一番，这不是挺清秀的嘛！"

"何止是清秀啊？连我都自愧不如。"世子也紧跟着打趣我，"幸山才是我们店的头牌。"

"二位姐姐，饶了我吧。"

楼上传来踢踏的脚步声，礼香也下楼来了："玲丸，我在楼上就听到你大呼小叫的，发生什么事啦？"

玲丸小跑着把她拉到我面前："礼香，你猜猜他是谁？"

礼香愣了一下："诚矢君？"她有些不确定地看着我说。

"怎么样？是不是很标致？"

礼香笑笑，低下头去。

"好啦，玲丸，你可别逗他了。"世子终于看够了热闹，"幸山，你出去买点东西吧。"她走到大厅里，写下一张购物清单，又从前台的抽屉里摸出一个皮夹，抽出几张钞票给我，"让礼香跟着你一起去，不然你又迷路了。"

在路上，我问起了世子的事："世子姐有孩子？"

没有想到我会突然这么问，礼香思考了好一会儿："那是很久以前的事了。我刚来这里的时候听人说，世子姐有个儿子，丈夫出轨后将她和孩子一起赶了出来，世子姐无依无靠，那孩子就是她的唯一。可是她没有钱，孩子又害了病，实在没有办法，才在朋友的诱骗下从事起这种行当，后来孩子还是夭折了，是因为太饿，把老鼠药当成糖果吃了。所以世子姐总是尽可能地帮助有困难的人，除了来这儿玩乐的客人，他们和她那混蛋老公一个德行，她是这么说的。"见我沉默着，礼香急忙摆手说，"不，我没有说诚矢君混蛋的意思，我知道到这里来并非你本意，对吧？诚矢君呢？为什么会来到一番街？"

"我们都是被抛弃的人。"在听完我的经历后，礼香如此说道。我无奈地笑笑。

在初雪之前，我已经将歌舞伎町的每条街道与每家店铺都熟记于心了。在临近黄金街的巷子转角有一家柏青哥店，三个同我一般年纪的少年是那里的常客。他们蹲在店门口问我讨根烟抽，我说我不抽烟，他们便嬉笑起来。第二次再碰上他们时，我向他们递了三瓶水。他们将我拉进店里，笨重的音箱放着重金属摇滚乐，巨大的音浪直将我掀翻在地，感觉心脏要被震碎了。店里坐满了人，每人守着一台机子，眼睛直勾勾地盯着从机器顶端掉落的小钢珠的运动轨迹，钢珠碰撞滚落的声音融合着背景音乐，显得格外嘈杂。这里面的每个人都乐此不疲，直到输得倾家荡产，哭着求老板再借他点儿钱，最终如同丧家之犬一般被丢了出来。少年将我按在一台机子前，正中间的屏幕上放着令人眼花缭乱的动画，密密麻麻的、阻挡钢珠掉落的钉子规则对称地分布在周围，最底下那张黑乎乎的小小洞口便是这只吞掉无数钢珠与金钱的怪物的嘴巴。

我说我不会玩，少年说没有关系，他们教我。

"我没有钱。要不你们先帮我垫着，我试玩一局？"

他们骂骂咧咧地将我抬了出去。

再一次遇到那三个少年是在对面的烧鸟店，他们赢了钱说要请我喝酒，看来是已经喝过一轮，有些醉了，我也没有推辞，跟着他们喝了个痛快。只是第二天被世子臭骂一顿，威胁着说要开除我。

周末的时候，姑娘们会拉着我一起去花园神社，集会市场的小摊摆了一整条人行道，很是热闹。道路尽头有一间古董集市，贩卖着稀奇的玩意儿，姑娘们喜欢淘些精致的饰品，为了一百日元跟老板磨破嘴皮。

从冬雪盼春樱，时间猝尔流转，我几乎没有任何感知，只是看到那家爬满绿萝的阳台，燕子去了又来。

御苑中心池的菡萏将开未开之际，莲推开了一番街的大门。她是上午来的，踩着阳光与尘埃，现身于初夏荷风中。

"我要来这儿工作。"她把路易·威登包扔在前台，对坐在后面转椅上涂指甲油的世子说道。

世子只轻轻抬眼瞥了她一眼，而后不慌不忙地蘸取玻璃瓶中的颜料继续涂着另一只手说："抱歉啊，小姐，我们这儿不是收容所。"

"案内所的人说的，你们这儿缺人。"她说的没错，春天的时候，有两位姑娘走了，一个攒够了钱回了南边的冲绳老家，另一个嫁了人，是位国文老师，她说那人对她很好，我们便没再多言，为她们二人一同办了场饯别宴。如今店里就剩世子、礼香和玲丸了。

世子没有理睬她，她便把路易·威登包往里推了推："这包是全球限量的，市价能值不少钱，里面还有些现金。"

世子嗤笑一声说："现在这些东西哪还值钱啊？我拿来装菜都嫌小了。"

对方似乎要急得哭出来了，连忙把身上的戒指、耳环、项链都摘下来说："这些都是真金和钻石，您都拿去……求求您……"

世子终于起身叹了口气："你不是这个世界的人，回去吧，孩子。"

"我无处可去了。"她低下头，失神地说，"要是不让我留下来，我就死在这儿！"她突然抬头，以视死如归般的气势看着世子。

世子笑笑，吹干指甲上的颜料。直到我们听到沉闷一响，她撞向一旁的水泥墙面。世子把她扶到沙发上。

"真的没有其他办法了吗？"

"死亡是我最后一条出路。"

于是她留了下来，住在我隔壁的房间。她说她叫中村莲，别的一概不谈。

莲在头天晚上打开我的房门，爬上我的床。我在迷迷糊糊中感觉有人缠上来，脱了我的衣服，于是惊醒过来，一把将她推开，开了灯，见她正衣衫凌乱地跪坐在床尾。"你干什么啊？"我又惊又恼，压低声音问她。

"我想练习一下。你不喜欢吗？"莲似乎并没有觉得自己做错了，反而理直气壮地反问我，"男人不都喜欢嘛。"

看着她那双纯粹的眼睛和不知为何总觉得似曾相识的面容，气已经消了大半，我苦笑一下："她们没有告诉你吗？我不举的事。你可以不用把我当男人。"想了想又好像不太对，"不是一般的男人。"

她好像不能理解，又问道："为什么啊？是病吗？能治好吗？"

"大概是吧。应该是治不好了。我也不想治。"

她扑闪着眼睛，一脸疑惑，我突然想起来什么，于是抢先一步打断她没完没了的提问："我小时候在剧院里见到过一位女演员，叫中村幸芳，你和她长得真像。"

"她是我的母亲。"

我有些震惊，但似乎又在预料之中，便点点头："你跟你母亲姓？"

她点头，又摇头，想了好一会儿才决定告诉我："我母亲去世了，是被那个女人害死的。"那个女人是她父亲在外面找的情人，丈夫的背叛和第三者的威胁，迫使她的母亲自杀。"母亲是中国人，她生前最爱莲花，于是我便自己改了这个名字。"

我们都不再说话了。过了一会儿我说"睡吧"，她问我可以睡在这儿吗，她有些害怕。于是我让她在床上睡，我在旁边的小沙发上歪了一夜。

第二天礼香看到我俩一起从房间里出来吓了一跳。"我们什么都没有做。"我慌忙向她解释。她点点头，没有表情，只是那一天都没有和我说话。

头三天莲都没有客人，她在每天晚上都会跑来我房间睡。世子开玩笑说："我们这儿不养吃白饭的人。"于是她在那天晚上化了浓妆站在门口，迎来了她的第一位客人。

　　渐渐地，莲再也不到我房间来了，我松了口气，因为少了些不必要的误会。而世子也接连收到客人们的投诉："她在床上像个死人。"男人们这样说。世子把他们的抱怨转述给莲，她听后没有做出丝毫改变，世子也没有再找她。

　　有天晚上，开进来一辆跑车，轰鸣的排气管吸引了一番街上所有行人的注意。车停在我们店门口，里面下来一个年轻的女人，她一眼就看见坐在大厅里的莲，将她拽了出去，她们似乎在争吵，但又都十分平静。

　　世子坐在沙发上嗑瓜子，这里正对着门口，是绝佳的观戏位置。瓜子壳被她白玉一般的牙齿轻轻一撬便开了，舌头灵巧地将瓜子仁卷进口中。我盯得失了神，不禁跟着咽了咽口水，她突然停下了嘴上的活计，红唇轻抿，我看向她的眼睛，她正笑着瞪我，我红着脸收回目光。

　　隔着玻璃门，我们听不见外面的争吵。那个比莲稍高一点的漂亮女人微微皱眉，但目光柔和，似乎正在劝导她，莲并没有和她对视，四处张望着，无心听她讲话。女人眉头越皱越紧，终于莲不知说了句什么，女人给了她一巴掌，莲低着头，面无表情，如断了线的木偶。对话再也进行不下去了，女人应该是说了句"你自己好自为之吧"便推门而入，我赶紧闪到一旁去，她交给世子一张卡说："密码写在背面，这钱够你花一辈子，别让她再做傻事了。"世子笑着接过银行卡："她跟我签了卖身契，是我的人，想怎么处置她是我的自由。"女人瞪她一眼，踏着高跟鞋摔门离去。要上车的时候莲叫住她，两人不知又说了什么，她抱了莲一下，终于驱车离开。

那天晚上莲没有接客，她上了三楼，把自己锁在房间里。世子也不去管她，笑眯眯地让我去查银行卡里的余额。几个看够了热闹的客人拥上来，七嘴八舌地跟世子八卦，其中一个说："我知道她，那女的是某个财团的大小姐，我在电视上见过。你们这儿的莲到底什么来头？怎么认识这种人物？"世子笑笑，让礼香给客人们倒酒去，便逐渐把话题扯远了。

天快要亮的时候，街上的行人都散光了，我打扫完大厅与二楼的房间后关上店门，揉揉酸痛的肩回到房间，莲正躺在我的床上，我无奈地迈向墙边的沙发，她突然开口叫住我："诚矢君，你过来。"

我吓了一跳："还没有睡觉吗？"我开了灯，坐在床边。她从背后抱住我，我结结巴巴地问她："怎么啦，莲？"

她开始如呓语般地对我讲道："那个人是我最好的朋友，我欣赏她——不是一般的欣赏，你能懂吗？"我点点头，轻轻应答一声，感觉背后的衬衣正被泪沾湿。"她来劝我回去，我说我不会回去的。"

"她就打了你？"我侧过头去看她，只看到她毛茸茸的头顶，有洗发水的香味。

"嗯，我说'这里的男人能给我你给不了的'。"

我觉得又好气又好笑："你何必……"

她摇摇头："不是的，那些人恶心死了，我恨不得杀掉他们。可是我不知道自己应该干什么，我已经没有活下去的意义了。"

我不知该如何安慰她，于是说起了我的故事："我有一个妹妹，比我小四岁，是领养来的。她总爱缠着我，我很喜欢她。直到她上了国中，突然有一天很认真地向我告白，我拒绝了，并且开始刻意疏远她，我想她也许过段时间就会死心了。有好几次她似乎想对我说些什么，我都将她拒之门外。直到有一天因为下雨，我提前跑回家，听见里面有动静，循声拉开书房的门，看见父亲正侵犯她，她被压在身下，表情麻木，眼神如死水般空洞。她看见我，挣扎着起来拉住我，但我甩开她的手跑了出去。我不知道自己为什么要逃走，明明我最不该离开，她求我别走的时候没有流泪，但那是我见过最绝望的表情。再回到家的时候那里已经被警车包围了，楼下围了一群人。她从顶楼跳下来死了。我也与那个家断了关系。她那双绝望的眼睛如梦魇般困住我，从那时开始我发现自己不举。谈了好几年的女朋友也因此和我分手了。"我自嘲地笑起来。

她也轻笑着："我们都是怪人。"我点头表示同意。

她抱着我直到天亮。我说："要看日出吗？"于是我们裹着被子推开窗，秋天的清晨露水冰凉，寒气很快便填满了整间屋子。对面阳台的常春藤愈发疯长，爬满了整面屋顶，绿草掩映下的矮小楼房更显荒芜。晨晖照在那些绿油油的叶片上，钻石般的露珠晶莹透亮，像莲湿漉漉的眼睛。于是我低下头去吻了怀里的人。她的唇瓣如婴儿的肌肤般细腻柔软，又像我们去御苑时，我给她买的那束粉色洋桔梗。

"为什么呢？"

"我不知道。"

"还没有人吻过我呢。喜欢才会接吻吧。诚矢君喜欢我吗？"

"嗯，我喜欢你。"

"会一直喜欢吗？"

"会一直喜欢。"

我们对着初升的太阳许了愿。

又和衣睡了一会儿，我们一同出了房间，迎面碰上礼香，我没有解释，扶着莲下楼去了。吃饭的时候世子问莲有什么才艺，她思考了好一会儿说："弹三味线算吗？"

世子大笑着说："那太好了。"她在每天日落之前跑进跑出，如同旋转的陀螺一般没有停歇——去了案内所，又不知从何处买来了一套高级和服和一把三味线，交到莲手里，她让我们拆掉门上的俗气装饰，挂上"花屋"的牌子，门面打点得古朴淡雅，这下倒与一番街格格不入了。

夜幕降临时，世子帮莲穿好和服、化了妆，她拉起屏风，莲坐在里面弹三味线。纯净悠扬的旋律穿透鼎沸人声，传入一番街的每一条小巷，路人纷纷被吸引过来，世子吩咐姑娘们去给客人倒酒。透过屏风能隐约看见莲的绰约身姿，我站在屏风侧面，看见她跪坐在蒲团上，穿着浅绿色的和服，腰间束着白色绘有松形花纹装饰的腰带，乌黑的头发梳成发髻，高高绾在脑后，她化的妆并不浓，只薄薄扑了一层粉，面颊打了腮红，皮肤如蜜桃般粉，柳叶眉下她那双圆溜溜的会到处转的灵动眼睛此刻正安静地低垂着，显得她整个人极具风韵。那把琴是用紫檀木做的琴杆，琴身蒙上白色猫皮，莲将左手按在丝弦上来回游走调整音调，右手持象牙拨片拨弄琴弦。她弹的是《祇园小调》，一边弹一边唱了出来，声音低回婉转，如泣如诉，与琴声相互应和，似要将人引向幽远小径上去了。一曲终了，莲俯身向观众行拜礼，客人们纷纷鼓掌称赞。她弹得确实好极了，像我在剧院里听到的那些名人演奏一般，也许是她母亲教的吧。莲拉开屏风同客人们聊天，他们央着她再弹一曲，于是她又弹了《元禄花见踊》。临近十二点的时候，世子便打发客人走了。"要听明天再来吧，莲小姐要休息了。"我们听后偷偷地笑。

接下来的几天，莲都坐在一楼大堂的屏风后弹三味线，店里每天只接待两批客人，世子会向他们收取入场费和酒水钱，每到兴头上她便匆匆赶人，但客人们依旧热情不减。再后来莲不出场了，想见她一面须支付高额的费用，她像束于楼阁的艺伎。案内所的夸张宣传、世子的营销手段，还有莲的那位千金朋友的坊间传闻，使她在一番街声名鹊起，每天来找她的人很多。她既弹琴也聊天，一些商政界的人物慕名而来，她也能应对自如。

世子把门店重新装修，"花屋"在一番街独树一帜、名声大噪。我们锁了门，在前台数这个月的收入时咯咯地笑。玲丸说等她攒够了钱就回老家去开一所学校。"我没读过书，但是我们那儿的孩子都特别聪明，他们要是上了学一定会有出息的，不要像我一样。"她咧嘴笑着，我却觉得鼻头发酸。世子拍拍她的头："那我资助你一半的份额，让我当个名誉校长。"她们俩一齐仰头大笑。

"礼香，你呢？"我问她。她看着我的眼睛，摇摇头说不知道。

"我嘛，要去旅行，去中国！你们知道杭州西湖吗？那里的夏天，莲花会开满大片水面。"莲兴奋地告诉我们。

世子记完账单，伸了个懒腰说道："那等你们都走了，我就把这里改造成拉面馆，只卖豚骨拉面！"

"我要来吃！"莲举手喊道。

玲丸有些失望地说："欸？为什么没有海鲜乌冬面啊？"

世子揉揉她的脑袋："你要是来的话我专门做给你吃。"

"好！"

春天马上就要到了，我们翘首以盼。

我会在没事的时候牵着莲的手到处转悠，我们打雪仗、堆雪人，她往我衣领里扔小雪块，我便团起一捧雪追着反击，满街道都洋溢着她的欢笑声。直到两人的手都冻得通红，我再循着声音追上那辆蓝色的小货车，去买几斤烤番薯，掰开一个还很烫手的，我递给莲一半，剩下的带回去给姑娘们吃。

世子知道我们的关系，她只是笑笑，看着我们不说话。莲几乎每天都在我房间里睡，她说冷，像小猫一样蜷成一团缩在我怀里。我只希望冬天快点结束，她好回自己的房间，因为每天醒来时我的手臂总是被她压着，麻得失去了知觉。

可是我们谁也没有等到春天。

在最冷的那个早晨，有人敲开花屋的大门。我们都被吵醒了，我去开了门，姑娘们还睡眼惺忪地披着被子坐在沙发上。三辆黑色的轿车排成一列停在门口，身穿黑色制服的人去打开中间那辆车的门，下来一位中年男子，是源氏集团的董事长，我在《东京时报》上见过他。我一下子就知道他是来找谁的了，我说莲长得像她母亲，只是神似，她其实更像她父亲。男人走到门口看见了莲，朝后面的人使了个眼色，那些人便冲上来将我一把推开，把莲架了出去，她挣扎着喊放开。我想要去拉住莲，其中一个保镖迅速把我掀翻在地，将我的胳膊反扭起来，我趴在地上根本没有反抗的力气，头偏向一边，余光中，我看见礼香正站在三楼的窗口，漠然地注视着这一切，与我对上视线后，她便慌忙退出窗边。

莲死死扒着车门做最后的挣扎。"我跟你走。"她突然喊道，而后颤抖着声音说，"但是能不能让他跟我一起走，求你了，这是我唯一的请求。回去之后你让我做什么都行。"她低下头，接受了命运的安排。

男人点点头，保镖松开了我，我爬起来拍拍衣服上的灰。"我要拿点东西。"我说。

我上了楼，礼香站在我的房间门口。"我只是觉得这里不适合她。"我没有理她，径直从她身边走过去收拾我的行李。"你能不能不要走？"她拉住我。梦魇再次袭来，可她不是我妹妹，所以我甩开了她的手，留下一句"照顾好自己"便离开了。"诚矢君，她和我们不是一类人。"她朝我的背影喊道。我顿了一下，还是坐上了那辆永远离开歌舞伎町一番街的车。

绿萝与常春藤在风中招摇，用零星几片叶子向我挥别；麻雀站在电线上叽叽喳喳，低下头来看我；礼香追了出来，世子与玲丸拉住她，二人朝我挥手告别，礼香蹲在地上掩面哭泣。车窗外的景物飞速倒退，黄金街，神社，集市，御苑池塘；柏青哥店门口的少年不见踪影，卖番薯的大叔早早起来，开着蓝色的破旧小货车到处巡逻……直到那些熟悉的街道全都望不见了，我才意识到自己再也回不去了。

"我叫源三叶。"莲在车上对我说，她拉着我的手，将头靠在我的肩膀上，"不过你还是叫我莲吧。"我点头说好，用力地回握住她。

不知开了多久，车终于停下来，我问司机这是哪儿，他说是在六本木。我们下了车，虽然已经做好心理准备，但我还是被眼前的一幕震撼住了，我以为自己进了城堡，这里确实比城堡还要豪华。我说我只在西方神话故事里见过，莲笑我笨蛋。

我被安排在客房，离莲的房间很远，我不敢随意走动，怕迷了路。莲便总是过来找我，她带我去书房，那里更像是一座图书馆，我们爬着梯子去找书，她像一只猴子似的蹿上去，我在下面扶着梯子生怕她掉下来。她枕在我的腿上让我念给她听，我翻开书细细读，她像小孩子一样荡着腿。她说春天的时候带我去花园玩儿。"那里什么花都有。"她笑着冲我眨眨眼。我们就这样天天腻在一起，日子过得倒也快活。只是莲说想抱着我睡，我苦笑一下表示拒绝。

有一天仆人过来说莲的父亲想找我谈谈，他把我领到一座开满花的温室花园，我从不知道冬天依旧能够繁花锦簇，它们本应在秋天就死去。莲的父亲坐在花园中心的茶桌旁，我走过去打招呼，他示意我坐下，问我："红茶可以吗？"我点头。仆人便端上精致的瓷器茶盘，小巧的茶杯中盛着琥珀色的清透茶水。见我环视着周围的花朵，他笑着说："这座温室花园是我新建的，里面有来自各国的花朵。即使纬度不同、花期不同，园艺师也能够让这些花常开不败。"

"他们很厉害。"我说。

他抿了一口茶："是的，他们很厉害。不过花朵不是因为园艺师才绽放的，而是因为这温室。每个月我都会摘一些花下来，包装好送给朋友，送给配得上它们的人——园艺师不能将花占为己有，再厉害的园艺师也不行，离开了温室的花朵无论怎样也难逃死亡的命运。你明白我的意思吗？"

我看着那些从未见过的、根本叫不上名字的花，感到无比悲伤和难过，明明是这么明媚的阳光，这样柔软的花朵，却像是给我当头一棒，打得鼻子和嘴里都是血腥味，我终于清醒过来，觉得眼眶眩晕而疼痛，知道我就算是死了，血里也不可能开出这样的花来。

　　"我明白。"我起身告退，在这座幻境般的绮丽花园里再待不下去了。这里的每一朵花好像都在嘲笑我，我连园丁都算不上，我根本不会种花，阳台上疯长的绿萝与常春藤才最适合我。

　　几天后，我被安排在东京中央区的一家公司上班，待遇很不错，有职工公寓住，是我做梦都想拥有的生活。那里一切都好，只是离六本木很远。

　　春天到了，公司给我们每人发了一部新手机，可那对于我来说并没有什么用处，通讯录里没有一位联系人。终于在四月份的一天，有人给我打来了电话，是那个司机，他说莲要见我，他正在公司楼下等我。我赶紧跑下楼去，害怕莲出了什么事情。

　　再次踏入城堡的大门，我依然望而生畏。正犹豫时，莲冲了出来抱住我，她比以前更漂亮了，头发黝黑顺滑，脸蛋也丰盈起来，散发出健康红润的光泽。她扑进我怀里，一边重重地捶打我的胸口，一边说着："你怎么突然就走了？"

　　我安慰她："对不起。你没事吧？发生什么事了？"

　　她不说话，气鼓鼓地拉着我走，终于在一道铁门前停下来，她拉开铁门，里面是一座小花园，现在正是鲜花初绽的季节，花园里姹紫嫣红，最北边的樱花树落英缤纷，树下的郁金香和玫瑰大朵盛开，我们坐在树下，旁边的小喷泉正淅淅沥沥地旋起水花。莲让我去摘朵花来，我折了枝海棠递给她，她接过花把玩着，脑袋靠在我的肩上，另一只手牵起我。

"父亲给我安排了婚事。"她只说了这一句，而后我们都陷入了沉默。她闭着眼睛细嗅海棠，我闻见她洗发水的香味。有一只小小的黄色蝴蝶绕着花丛飞，不一会儿又飞来一只，两只蝴蝶追逐穿梭在花园里，好不欢乐，但不知为何，飞着飞着却突然分开了，如两条平行线再聚不到一起了。

"诚矢君，你带我逃走吧。"

"源小姐，这儿才适合你。"

从那以后我们再没见过了。

我开始忙于自己的生活，逐渐忘记了以前的事。几年后我找到了真爱，我们计划下半年结婚，直到那时我才想起莲，我想她应该已经有小孩了。于是拨通了司机的电话，他却告诉我莲早就失踪了，我险些将手机摔在地上。我问他到底怎么回事，他说婚礼那天晚上，莲将新郎灌得不省人事后便逃跑了，没有人知道她去了哪儿。挂掉电话，我久久不能缓过神来。我决定回到一番街，那里会有莲的线索。

我连夜驱车赶往新宿，到达歌舞伎町时，那里似乎并没有太大变化，一番街的牌子依旧伫立在巷口，酒肉与行人、粗鄙与阴暗，所有的爱恨都交织充斥在这条街道，我顿时觉得亲切极了。

"客人，要不要进来玩玩？"有女人抓住我的手腕，闪烁的昏黄灯光下，我看清了对方的脸，她却先我一步逃走了。我追上她："礼香！"她掩着面说："你认错人了。"我扳开她的手，她的眼泪就啪嗒啪嗒地掉下来。她一把抱住我，在我怀里号啕大哭，仿佛要把她这一生的泪都流干了。

等礼香终于稳定了情绪，我才问起她的事："你怎么站在街口？世子和玲丸呢？”

她又忍不住抽搭起来：“你和莲走之后，店里的生意一落千丈，我们只好又做回了老本行。有一个眼红我们很久的对家找上门来，把我们的店砸了，世子姐也被打伤，积病成疾，不久便去世了。她把钱留给我们，我说钱给我也没用，就让玲丸全部拿走了，叫她回老家好好办学校，我就到处找活干。是我自己作孽，要是当初……”

我轻抚她的背，安慰她道：“没事的，都过去了。”我又问起她莲的下落，“大概是六年前的事了。”

礼香说莲没有来找过她。“不过那时我收到过三个小饰品，是个小孩儿给我的。”她从口袋里摸出一对耳环和两枚戒指，“我看着眼熟，好像在哪儿见过……”我们看着那堆小玩意儿，然后异口同声道：“古董集市！”

我一路奔跑着赶去花园神社，天快要亮了，我想起我和莲一起看日出的那个早上，我们许了愿要一直在一起；我们五个人一起去花园神社逛集会，姑娘们总爱跟古董集市的老板为了一百日元讨价还价；我和莲在威德稻荷神社拜姻缘，我摇出了下下签，莲是上上签，她安慰我说：“有什么关系嘛，我把我的上上签给你，咱俩中和一下。”……我全都想起来了，在歌舞伎町的每个日夜。

当黎明的曙光投射在鸟居旁的莲形石柱上时，我看见被花瓣包围的镂空石柱中间有一张纸，被折得整整齐齐，夹在缝隙中。我抽出纸条打开来，是姻缘签的上上签。

我蹲在石柱旁失声痛哭，我一无所有……

"我一无所有了……"男人呓语着，我在他旁边站了好一会儿，有人给我塞了张传单，是戏剧团的巡回演出，演出的曲目叫《八千代狮子编曲》，背面附着参演人名——一筝：×××；二筝：×××；三弦：中村莲……